KB065785

로크미디어가
유혹하는
재미있는 세상

평행세계 속의 먼치킨 1

2023년 3월 7일 초판 1쇄 인쇄
2023년 3월 10일 초판 1쇄 발행

지은이 운천룡
발행인 강준규

기획 이기헌 왕소현 박경무 강민구 조익현
책임편집 주현진
마케팅지원 이원선

발행처 (주)로크미디어
출판등록 2003년 3월 24일
주소 서울시 마포구 마포대로 45 일진빌딩 6층
Tel (02)3273-5135 Fax (02)3273-5134
홈페이지 rokmedia.com E-mail rokmedia@empas.com

ⓒ 운천룡, 2023

값 9,000원

ISBN 979-11-408-0711-6 (1권)
ISBN 979-11-408-0705-5 04810 (세트)

CONTENTS

프롤로그

"와아아아!"

"강영웅!"

"우리의 히어로!"

"사랑해요! 저랑 결혼해 줘요!"

"제발 지구를 구해 주세요!"

나를 보며 환호하는 세상 사람들.

내 이름은 강영웅.

나는 지구를 지키는 슈퍼 히어로다. 지구상에 존재하는 모든 인류가 나의 존재를 알고 있다.

내가 나타나면 하나같이 저런 반응을 보이며 환호하고 좋아한다.

사실 딱히 히어로는 아니다.

사람들이 오해하는 것이다.

스트레스를 풀기 위해 악당들만 골라서 패고 다녔는데, 그게 와전된 것이다.

엄밀히 따지면 나의 성향은 히어로 쪽보단 빌런 쪽에 더 가깝다.

심심하다고 악당들 잡다가 패고 다니는 것이 정상인 사람이 할 짓이겠는가.

어쨌든 나는 악당들 사이에서 악마라 통한다. 그들은 나를 보기만 해도 오줌을 지리며 도망가기 바쁘다.

그들이 그렇게 도망치고 나를 피하는 이유는 바로 나의 압도적인 강함 때문이다.

이 능력 때문에 악당들은 나를 피하고, 일반인들은 나를 지구의 평화를 수호하는 히어로라고 생각한다.

나의 능력이 뭐냐고?

몇 가지만 간단하게 말하자면, 그 어떤 무기로도 나의 피부를 상하게 할 수 없다.

태양에 들어가 뜨거운 불길로 피로를 풀고, 시끄러운 세상을 벗어나 우주 공간에서 잠을 잔다.

빛보다 빨리 날 수 있고 공간 이동을 하며 행성을 파괴할 수 있는 절대적인 힘이 있다.

내가 입으로 바람을 불면 태풍이 되고, 세기에 따라 눈보라가 일어나 블리자드가 되기도 한다.

대지를 때려 지진을 만들 수도 있고, 바다를 뒤집어 해일을 만들 수도 있다.

거기에 죽지만 않는다면 멀쩡했던 상태의 몸으로 돌려놓는 리스토어라는 능력까지 있다.

신의 힘을 몸에 지닌 인간.

그게 바로 나다.

나는 이런 힘을 가진 채 평생을 살아왔다.

생각해 봐라.

이런 엄청난 능력을 지녔는데 평범한 삶을 산다는 것이 얼마나 힘든 일이겠는가.

그래서 밤에 몰래 나가 동네 양아치들을 상대로 힘을 사용했다.

처음에는 힘 조절이 힘들어 한 방에 양아치들을 빈사 상태로 몰아넣기도 했다.

놀란 나는 살려야 한다는 생각으로 그들을 건드렸고, 손에서 빛이 나오며 그들의 망가진 몸이 재생되어 멀쩡해지는 것을 보았다.

그때 나는 깨달았다.

이 기술을 이용하면 악당들을 죽이지 않고 마음껏 팰 수 있다는 것을 말이다.

뭐든 경험이 중요했다.

나는 내가 가진 능력을 제대로 쓰기 위해 많은 훈련과 노력을 했고, 밤마다 밖으로 나와 실전으로 경험을 쌓아 갔다.

상대는 동네 양아치에서 조폭들로 옮겨졌고, 어느새 전국의 모든 조직을 장악한 조직의 대부가 되어 있었다.

국내에 더는 힘을 쓸 조직이 없었기에 나는 세계로 눈을 돌렸다.

전 세계에는 정말로 좋은 먹잇감들이 많았다.

나는 나라를 돌며 그들을 하나하나씩 정리해 나갔다.

그러던 중 누군가가 나의 그런 모습을 찍었고, 이내 나는 유명인이 되었다.

나의 정체를 알게 된 악당들은 나를 죽이기 위해 엄청난 노력을 했다.

일단 나를 잡기 위해 세계적인 모임까지 만들어 나에 대해 온갖 연구를 했다.

그들은 자신들이 할 수 있는 모든 것을 했다. 총은 기본이고 온갖 독에 폭탄, 미사일까지 동원하며 나를 잡기 위해 무엇이든 닥치는 대로 했다.

전 지구의 악당들이 연합해서 나를 공격도 했었다.

최후엔 무인도에 나를 부르고 어디서 구했는지 핵폭탄을 터트리기까지 했다.

그땐 나도 살짝 긴장했다.

하지만 나는 멀쩡했고, 나를 함정에 빠뜨린 놈들은 열심히 빨대로 음식을 섭취하고 있다.

안 죽였냐고?

나는 불살이다. 함부로 사람을 죽이지 않는다.

내가 사람을 죽이지 않는 이유는 한 가지 트라우마 때문이었다.

이 능력을 얻던 그날 내 가족이 모두 목숨을 잃었고, 눈앞에서 사랑하는 가족들이 죽어 가는 모습을 생생히 목격했다.

그래서 사실 나는 이 힘을 그다지 좋아하지 않았다.

어쨌든 이 힘으로 인해 가족을 잃은 기억 때문에 눈앞에 있는 사람을 죽일 수 없었다.

눈에 안 보이는 건 어쩌냐고?

안 보이는 것까지는 신경 쓰지 않는다.

진짜로 살 가치도 없는 인간 망종 같은 놈들만 눈에 보이지 않는 멀찍한 곳에서 놈들만 있는 장소를 만들고, 깔끔하게 지워 버린다.

아예 시체조차 남지 않게 말이다.

그러고도 무슨 히어로냐고?

다시 한번 말하지만 나는 좋아서 히어로 노릇을 하는 것이 아니다. 나는 내가 히어로라고 말한 적도 없고, 그저 사람들이 착각하고 있는 것일 뿐이다.

나는 그리 착한 인간이 아니다.

물론, 표면적으로는 지구의 평화를 위해 노력하는 성실한 히어로 역할을 계속할 생각이다.

이런 것을 보면 나도 은근히 관종기가 있는 것 같다.

지금 이곳에 수많은 사람이 모여 나를 환호하고 있다.

이들이 이렇게 모여 나에게 저런 환호를 보내는 것은 다 이유가 있다.

나는 지금 우주를 향해 떠나려 한다.

왜냐고?

현재 지구는 멸망의 위기에 처한 상태다.

지구를 향해 맹렬하게 날아오는 거대 행성 때문이었다.

저것이 태양계로 들어오기 전에 막아야 한다. 지구와는 비교도 안 될 정도의 강한 중력을 가진 백색왜성이기에, 지구뿐 아니라 태양계 전체가 위험했다.

오는 궤도에 있는 행성 중 하나라도 충돌한다면, 태양계 전체가 위험에 빠질 터다.

이것 역시 지구가 사라지면 내가 있을 공간도 없어지기에 마지못해 막으러 가는 것이다.

사람들의 표정에는 걱정이 없었다.

바로 내가 있으므로. 내가 자신들을 지켜 줄 것이라는 믿음이 있으니까.

나는 그런 사람들의 환호와 믿음을 뒤로하고 하늘로 날아올랐다.

'하아…… 이제 이 짓도 지겹다. 뭔가 색다른 것이 없을까? 아니다. 그냥 나를 모르는 사람들 사이에서 좀 편하게 살아 봤으면……. 아무도 나를 찾지 않는 곳에서…….'

솔직히 이제 더는 팰 악당 놈들도 없고 뭔 일만 났다 하면 나만 찾는 통에 피곤해 죽겠다.

그저 조용히 나만의 삶을 살아가고 싶다는 생각이 들었다.

나는 그러한 작은 소망을 마음속으로 외치며 우주를 향해 날아갔다.

히어로 강영웅이 지구를 구하러 우주로 떠난 그 시각, 또 다른 차원에 존재하는 지구에서는 강영웅과 똑같이 생긴 사람이 절벽 위에 위태롭게 서 있었다.

절벽 아래에서는 정장을 차려입은 젊은 청년이 울상이 된 채로 발을 동동거렸다.

"도련님, 위험합니다! 내려오십시오!"

"닥쳐! 나 지금 중요한 순간이니까 말 걸지 마!"

"도, 도련님!"

히어로 강영웅과 똑같이 생긴 이 남자의 이름도 강영웅이었다.

또 다른 평행세상에 존재하는 강영웅.

이곳의 강영웅은 절벽 위에 서서 자신의 주머니에서 작은 카드를 하나 꺼내 들었다.

카드에는 어떠한 글귀가 적혀 있었다.

[도플갱어]

등급 : A

—평행세상에 존재하는 또 다른 나와 몸을 교환합니다.

—한 번 교환되면 다시 돌아올 수 없습니다.

—각성자, 일반인 모두 사용 가능.

강영웅은 그 카드를 하늘 높이 치켜들고는 세상 사람들이 다 들으라는 듯 큰 소리로 외쳤다.

"나는 이 지긋지긋하고 염병할 곳을 떠날 거야! 이 빌어먹을 세상아, 나는 다른 세상으로 간다! 날 대신해서 이 세상에서 살아갈 다른 차원의 나에게는 미안하지만, 내 코가 석 자라서 말이지. 이 세상에 남아서 나 대신에 내가 진 빚과 거지 같은 일들을 모조리 먹어라, 하하하하!"

미친놈처럼 마구 웃더니 손에 있는 카드를 찢은 영웅.

화아악—!

찢어진 카드에서 빛이 강렬하게 뿜어져 나오더니 서서히 강영웅의 몸을 감쌌다. 곧 그의 몸이 발부터 서서히 위로 사라지기 시작했다.

"잘 있어라, 빌어먹을 세상! 하하하!"

파앗-!

강렬한 빛과 함께 그곳에 있던 다른 차원의 강영웅은 사라졌다.

~~~~~

지구를 떠나 순식간에 태양계 바깥으로 이동한 나는 정면에서 날아오는 하얀색 거대한 행성을 바라보았다.

지구에서 관측한 크기는 대략 목성 정도라고 했고 중력도 엄청나다고 했다.

이런 게 태양계를 지나가면 모든 행성의 궤도가 일그러질 것이고, 태양과 부딪히기라도 한다면 태양계는 멸망이었다.

아니, 그냥 지나가기만 해도 태양계에 재앙이었다.

다행히 지금 내가 있는 이곳은 태양계에서도 한참 떨어져 있는 곳이었기에 태양계에 아직 그 어떤 영향도 미치지 못했다.

"하아…… 이제 하다 하다 행성 크기의 운석이냐? 염병……."

빌어먹을 행성을 바라보며 주먹을 꽉 쥐고 내가 가진 기운을 모조리 압축하기 시작했다.

행성을 파괴하는 힘.

지금 그 힘을 쓰려고 하는 중이다.

이것을 연습한다고 우주를 몇 번이나 왔다 갔다 했는지 모른다.

사람들은 모를 것이다.

내가 이 짓을 얼마나 많이 했는지 말이다.

태양계 밖을 제집 드나들듯이 왔다 갔다 했다.

난 은하계의 중심도 가 본 사람이다.

아, 우주에서 어찌 이렇게 멀쩡할 수 있냐고?

나는 가능하다.

숨을 쉬지 않고도 우주를 활보할 수 있고, 우주에 있는 엄청난 양의 방사능 역시 나에게는 그 어떤 해도 끼치지 못한다.

그냥 지구에서 활동하는 것처럼 편안하게 움직일 수 있다.

가끔 이 능력을 이용해서 심심할 때마다 은하계의 행성 탐방을 다니기도 했다.

탐방을 가는 길에 금으로만 만들어진 행성도 봤고, 다이아몬드로 이루어진 행성도 봤다.

당연히 그걸 이용해 엄청난 부를 챙기기도 했다.

한번은 석유 바다가 있는 행성에서 퍼 온 석유를 내가 사는 대한민국 땅 아래 매장했었다.

내 덕분에 대한민국은 산유국이 되었다. 그것도 지구상에 존재하는 그 어떤 석유보다 질 좋은 석유를 품은 산유국 말이다.

이런 쓸데없는 생각을 하면서 날아오는 백색왜성을 향해 힘껏 주먹을 내질렀다.

번쩍- 후웅-!

행성을 파괴하는 주먹의 힘에 의해 백색왜성은 달걀이 폭발하는 것처럼 터져 나갔다.

그 여파로 푸른빛의 고리가 사방으로 퍼져 나갔고, 내가 있는 곳도 휩쓸고 지나갔다.

이후 폭발하면서 퍼졌던 잔해들이 다시 행성이 있던 곳으로 모이기 시작하더니, 중심에 생성된 검은 구체 속으로 빨려 들어갔다.

작은 블랙홀의 생성이었다.

왜 그랬을까?

멍하니 블랙홀이 생성되는 것을 지켜보던 나는 그곳으로 향했다.

빠져나가겠다고 마음만 먹으면 언제든지 빠져나갈 수 있었지만 나는 그러지 않았다.

몸이 블랙홀 쪽으로 당겨지는 순간 나도 모르게 몸의 힘을 빼 버렸다.

블랙홀이 나를 좀 더 잘 당길 수 있게 말이다.

내 머릿속에는 한 가지 생각뿐이었다.

'저 안에는 무엇이 있을까? 죽음이 있을까? 그것도 나쁘진 않은데……. 이 지겨움과 외로움을 끝낼 수만 있다면…… 그

것도 나쁘지 않아.'

사람들은 상상한다.

블랙홀 너머에는 다른 세상이 존재할까, 아니면 정말로 아무것도 없는 공허한 공간일까?

저곳에 가면 나는 살 수 있을까, 아니면 평소처럼 아무렇지 않게 빠져나올 수 있을까?

나도 궁금했다.

정말로 다른 세상이 존재한다면…….

좋겠다.

그렇게 상상하는 순간 나의 몸을 빛이 감싸기 시작했다.

"응? 뭐지? 아직 블랙홀에는 가지도 않았는데?"

블랙홀에는 아직 가지도 않았는데 이게 무슨 상황인지 파악이 되질 않았다.

우주에는 신기한 일이 많다더니 그냥 그런가 보다 생각할 뿐이었다.

빛이 나를 완전히 감싸자 눈앞이 새하얗게 변했다. 그리고 나는 정신을 잃었다.

⌣

히어로 강영웅이 빛과 함께 사라지고, 어둠이 찾아왔다가 다시 빛이 환하게 비치더니 그 빛 속에서 무언가가 튀어나왔다.

파앗-!

"읍읍읍!"

'이게 뭐야? 여, 여긴 어디야! 허억! 수, 숨이……! 아, 안 돼! 나, 나는 주, 죽기 싫어……. 주, 죽기…… 싫…….'

다른 세상의 도플갱어와 몸을 바꿔 새로운 삶을 살려고 했던 또 다른 차원의 강영웅은 서서히 블랙홀에 빨려 들어가며 소멸하였다.

1장

꿀맛 같은 잠을 자고 있는데 누군가가 나를 마구 흔들어 깨웠다.

"도련님, 정신 차리세요! 도련님!"

나를 부르는 소린가? 나는 도련님이 아닌데? 꿈인가?

꿈인지 현실인지 구별되지 않는 몽롱함 속에서 여전히 맴도는 목소리.

"도련님! 도련님!"

짜증이 났다.

한마디 하려고 일어나서 깨운 이를 바라보았다. 이제 20대 중반 정도 돼 보이는 남성이 눈물을 글썽이며 나를 바라보았다.

"누구신데 자꾸 자는 사람을 깨우는 겁니까?"

내 말에 남자의 안색이 하얗게 질려 갔다.

"도, 도련님! 자, 장난하지 마시고요. 정신이 드세요?"

장난이 아닌데? 뭐지? 진짜 날 부르는 거였어?

내가 어리둥절한 표정으로 자신을 바라보자 더욱 울상이 된 얼굴로 날 바라보며 말했다.

"도련님, 진짜 장난하지 마시고요! 지금 장난하실 때가 아니라니까요! 옷은 또 언제 갈아입으신 겁니까?"

"옷을 갈아입다니요? 계속 이 옷을 입고 있었는데요. 그리고 저는 장난한 적이 없습니다. 누구십니까? 여긴 또 어디지? 내가 이런 곳에서 잠들었었나? 이상하네? 분명 우주에 있었는데?"

내가 주변을 둘러보며 고개를 갸웃거리자 장난이 아니라는 것을 깨달은 남자.

얼굴이 완전히 시커멓게 변했다.

"도, 도련님…… 서, 설마 충격으로 인한 기억상실증?"

이건 또 뭔 개소린가?

충격은 또 무슨 소리고?

"정말 기억 안 나세요? 저 위에서 떨어지셨잖아요."

남자가 가리킨 방향을 보니 꽤 높은 절벽이 눈에 들어왔다.

하지만 나에겐 충격조차 주지 못할 높이다.

겨우 저기에서 떨어졌다고 내가 충격을 받고 기억을 잃을 리가 있는가.

"농담은 그쪽이 하시는 거죠. 제가 겨우 저 높이에서 떨어졌다고 다칠 것 같습니까? 도대체 누구십니까?"

"도, 도련님…… 벼, 병원! 병원부터 가시죠!"

"아니, 나는 괜찮다니까요. 누구시냐고요!"

내가 버럭 화를 내자 남자가 울먹이는 목소리로 답했다.

"접니다! 도련님의 비서, 한지우."

비서?

나에게 비서가 있었나?

그보다 정말로 내가 왜 이런 곳에 있지? 이게 무슨 일이지?

그 순간 떠오르는 기억.

생각해 보니 이상한 빛에 휩싸인 후에 정신을 잃었다.

"호, 혹시 여기 대한민국 맞죠?"

"도련님! 기, 기억이 좀 나십니까? 네, 맞습니다! 대한민국!"

"제가 정말로 저기서 떨어졌나요?"

"네, 도련님! 갑자기 빛이 번쩍하더니 도련님께서 떨어지셨습니다."

"빛이요?"

"네! 어찌나 눈이 부신지 제가 잠시 고개를 돌렸는데 하필 그때……. 죄송합니다!"

남자가 고개를 푹 숙였다.

하는 행동을 보니 정말로 나를 개인적으로 아는 눈치였다.

지금 상황이 도저히 이해되지 않았다. 블랙홀에 빨려 들어가다가 빛이 나를 감싼 것까진 기억이 나는데…….

블랙홀에 빠지면 보이는 환각 같은 건가?

나는 있는 힘껏 허벅지를 꼬집었다.

보통 인간이라면 이 정도 힘이면 토마토가 으깨지듯 으깨지…… 아! 이게 아니지.

꽈악-!

아프다.

꿈이 아닌가? 몰래카메라?

정신을 차릴 수 없었다.

혹시 소설이나 영화에 나오는 것처럼 다른 사람에게 빙의한 건가?

나는 내 몸을 살펴보았다.

변한 건 없었다.

힘도 그대로고, 강철 같은 육체도 그대로였다.

'뭐지? 몸 전체가 그대로 다른 세상으로 온 건가? 그런 경우가 가능한가?'

머릿속이 복잡해졌다.

일단 나에 대해 확실하게 아는지 물어보기로 했다.

"혹시 저 모르세요? 강영웅이라고……."

"왜 모릅니까! 영웅 도련님을 제가 모르면 누가 압니까! 왜 이러십니까, 진짜!"

어라? 이름은 맞는데?

진짜 미칠 노릇이었다.

눈앞의 사람의 행동을 보니 나를 확실하게 아는 눈치였다.

그래서 더 환장할 것 같았다.

지금 이 상황을 설명해 줄 사람도 없으니 너무 답답했다.

일단 이 상황을 넘기는 게 우선이다.

나는 연기를 하기로 했다.

이것이 나를 놀리는 것이었다면, 나중에 그 조직은 아주 피눈물을 흘리게 해 주겠다 다짐하면서 말이다.

"비서님 말대로 제가 충격을 받은 것 같습니다. 지금 어떤 것도 기억이 나지 않아요. 이곳이 대한민국이라는 것과 이름 외에는 아무것도 기억나지 않습니다."

"도, 도련님! 어, 어서 병원으로 가시죠!"

나는 일단 남자의 말을 따르기로 했다.

이곳이 어디인지, 진짜인지 가짜인지 파악을 하는 것이 우선이었으니까.

나는 비서를 따라 병원에 가서 온갖 검사란 검사는 다 받고, 현재 강제로 1인실에 입원한 상태다.

몸에 이상이 있을 리 없지만, 그래도 확실하게 하려고 살짝 아픈 연기를 했다.

상황을 보아하니 나는 무언가의 힘에 의해 몸 전체가 다른 세상으로 넘어온 것 같다. 그렇지 않고서는 지금 이 상황이 설명되지 않았다.

그렇게 생각하고 모든 것을 바라보니 상황이 딱딱 맞아떨어졌다.

'평행이론이었나? 평행세상이 정말로 존재하는 거였다니⋯⋯.'

일단 상황을 보니 영혼만 넘어온 것은 아니었다.

다행이었다.

힘없는 강영웅은 생각조차 하기 싫다.

간혹 소설에서 약한 몸으로 빙의를 하고 그러던데 절대로 경험하고 싶지 않았다.

처음부터 다시 강해져야 한다고?

그건 사양이었다.

이쪽 세상에 있던 강영웅은 평범한 인간이었다.

만약 영혼만 바뀐 거였으면 정말 끔찍할 뻔했다.

비서는 옆에서 기억을 잃은(?) 내 질문에 모조리 답해 주었다.

듣다 보니 이쪽 세상은 엄청난 세상이었다.

소위 말하는 각성자라는 능력자들이 존재하는 곳.

내가 있던 세상에선 내가 유일무이한 존재였는데, 살짝 두근거리기 시작했다.

강하다는 것은 그만큼 외로움을 동반했다.

누군가와 고민을 나눌 수도 없었다. 나와 같은 힘을 가진 자가 없으니까.

그런데 이 세상은 아니었다.

물론 그 각성자라는 사람들의 강함이 어느 정도인지는 모르겠지만, 어찌 되었든 강한 사람들이 있다는 뜻이 아닌가.

'강하겠지? 운석 정도는 가뿐히 부수겠지? 그 정도도 못하면 강한 게 아니잖아. 악당 놈들도 강하려나? 팰 맛이 나려나?'

큰 기대를 품고 초롱초롱한 눈으로 비서의 이야기를 들었다.

이 세상에는 웜홀이 존재했다.

대략 30년 전쯤에 지구에 거대한 기후변화와 함께 웜홀이 생성되었다고 했다.

그때 웜홀과 함께 특별한 능력을 가진 이들이 하나둘씩 나타났고 그것이 지금의 각성자라 불리는 사람들이었다.

특이한 건 각성한 능력자들에게는 무슨 상태창 같은 게 보인다는 것이다.

환각인가? 그딴 게 왜 보여?

레벨 같은 것도 오른다고…….

게임이니?

내가 그게 말이 되냐고 했더니, 나도 각성했다면 보였을 거란다.

궁금하긴 했지만, 굳이 편하게 살 길 놔두고 왜?

상태창이든 나발이든 관심 없었다.

레벨?

그딴 걸 왜 현실에서도 올리냔 말이다. 게임에서 올리는 것도 짜증이 나서 안 하는 판에.

암튼 각성자들은 웜홀로 들어가서 그 안에서 적을 상대하고 레벨을 올렸다.

그리고 가드륨이라는 금속을 얻어 나오는데, 그게 그렇게 비싸게 팔린다고 했다.

그 금속으로 이 세계가 돌아간다는 말도 덧붙였다. 전기부터, 생활 전반에 필요한 모든 것에 저 금속이 사용된단다.

가드륨은 웜홀에서만 얻을 수 있고, 웜홀은 각성자가 아니면 입장이 되지 않는다고 했다.

사람이 막는 게 아니고 웜홀 자체가 거부한다고.

별 지랄 같은 웜홀이었다.

그래도 웜홀은 궁금했다.

지금까지 항상 똑같은 삶을 살아왔던 나에겐 웜홀이라는 존재는 새로운 활력소처럼 다가왔다.

하지만 들어갈 수가 없다니…….

무슨 수를 써서라도 방법을 찾을 것이다. 새로운 재밋거리를 찾았는데 그걸 가만히 놔둘 내가 아니다.

영웅의 아버지, 즉 나의 아버지는 각성자였고 웜홀에서 그것을 얻어 모은 자금을 기반으로 지금의 기업을 탄생시켰다고 했다.

천강 그룹.

재계 서열 7위이며 주로 각성자들의 제품들을 생산한다고 했다.

나는 그 집안의 넷째, 막내였다.

현재 이 병원도 천강 그룹의 소유였다.

그나저나 막내라면 귀여워하고 이뻐하는 게 맞지 않나?

전 세상에서도 부모님이 돌아가시기 전까지 나는 엄청 이쁨을 받았다.

그런데 그런 막내가 병원에 며칠 동안이나 입원했는데 아무도 오지 않았다.

"아버지는 매우 바쁘신가 봐요? 제가 병원에 있는데, 아버지가 되었든 어머니가 되었든, 아니면 형제가 되었든 누구라도 달려와야 하는 거 아닌가요?"

궁금증에 물었다.

사실 엄청 궁금했다. 정말로 이 세상에 존재하는 나의 부모님도 내 기억에 있는 부모님과 똑같을까?

만약 그것이 정말이라면 나는 그 자리에서 대성통곡을 할지도 모른다.

그토록 간절히 바라 왔던 나의 아버지를 다시 보는 것이 아닌가.

대답을 기다리는데 한지우가 쉽사리 답변하지 않았다.

"뭐죠? 가족에게 무슨 일이라도 생긴 건가요?"

가족에게 무슨 일이 생겼다면 나는 바로 그곳으로 달려갈 것이다. 다시 만난 아버지를 또다시 잃을 수는 없으니까.

하지만 한지우의 입에서는 엉뚱한 이야기가 흘러나왔다.

"도, 도련님…… 사실 회장님께서는 이곳에 오시지 않을 겁니다. 다른 가족분들께도 따로 연락을 드리지 않았습니다."

"네? 그게 무슨 말씀이신지?"

"기억을 잃으셔서 아버지를 찾으시는 겁니다. 도련님이 기억을 잃지 않았다면 절대로 회장님을 입에 담지 않으셨을 겁니다."

이게 무슨 개소리란 말인가?

아니, 아들이 왜 아버지를 입에 담지 못한단 말인가?

홍길동도 아니고.

"저기…… 제가 이해할 수 있게 설명해 주시겠어요?"

답답한 마음에 재차 물었다.

"하아! 제 입으로 이런 이야기를 도련님께 하는 날이 오다니…… 잔인하네요."

뭔데 잔인하기까지 한 거야?

궁금증이 하늘을 뚫은 기세다.

한지우는 정말 말하기 싫은 표정으로 힘겹게 입을 열었다.

"도련님, 충격받지 말고 제 얘기를 잘 들으셔야 합니다."

알았다고! 적당히 뜸 들이고 어서 말해!

예전에 봤던 지상파 예능이 저런 식으로 뜸을 들이며 사람 답답하게 만들었지.

"도련님은 집안에서 내놓은 자식입니다."

"응? 네?"

뭘 내놔? 내가 물건이야? 자식을 내놓다니? 그게 무슨 말이야?

"그게 무슨 말인지?"

내가 이해되지 않는 표정으로 바라보자 한지우가 크게 한숨을 쉬며 계속 이어 말했다.

"아까 말씀드렸다시피 이 세상은 각성자가 대접받는 세상입니다. 당연히 회장님께선 당신의 핏줄들이 각성하기를 바라셨지요. 첫째 도련님과 둘째 도련님, 셋째 아가씨까지는 모두 각성하셨습니다. 능력도 출중하고 재능도 뛰어나십니다. 문제는……."

뭐야, 왜 말을 하다 말아.

"……도련님은 각성하지 못했습니다. 아니…… 각성을 할 수 없는 신체입니다. 그 후에 도련님께서는 많이 방황하셨습니다. 그에 크게 실망하신 회장님께서 그 후로 신경을 쓰지 않으셨습니다."

나는 한지우의 말을 듣고 한동안 정신을 차리지 못했다.

세상천지에 자식을 포기하는 부모라니…….

그럴 리가 없다. 내 기억 속의 아버지는 항상 따뜻하고 가족을 위해 사시던 분이었다.

평행세계다.

그래, 그래서 저쪽 세상의 진짜 아버지와 반대의 성격일 것이다.

나는 그렇게 스스로를 위로했다. 그러지 않는다면 나중에 아버지를 만났을 때, 정말로 크게 상처받을 것 같았다.

언제나 따뜻한 모습만을 보여 주던 아버지의 기억을 이딴 걸로 뒤덮긴 싫었다.

내가 머리를 감싸 쥐고 힘들어하자, 한지우가 엄청나게 미안해하며 달래려고 노력했다.

"죄, 죄송합니다. 제가 말주변이 없어서……. 그래도 도련님이 사시는 것에는 큰 불편함이 없도록 모든 지원을 아끼지 말라 하셨습니다. 회장님께서 애정 표현이 서툴러서 이렇게 표현하시는 것일 수도 있습니다."

필사적으로 나를 달래려는 한지우를 보니 조금 마음이 풀렸다.

그래도 좋은 사람을 붙여 준 것을 보니 아주 내놓은 것은 아니라는 생각이 들었다. 이 정도면 기회가 있을 수도 있다고 생각했다.

나는 고개를 끄덕이며 말했다.

"일단 몸에는 이상이 없다니까 집으로 가죠."

궁금했다.

이 세상에 존재하는 나의 부모님은 어떤지.

그리고 보고 싶었다.

정말로 내가 알고 있는 그 모습 그대로 이곳에 존재하는지.

존재한다면…… 꼭 안아 보고 싶었다.

⚜

이곳 세상의 강영웅의 집은 재벌가답게 컸다.

내가 살던 세상의 내 집에 비하면 초가집 수준이지만, 그래도 나름 살 만한 넓이였다.

내가 영웅으로 활약하던 세상에서 나는 지구 최고의 부자였다. 악당 놈들 주머니 터는 것이 쏠쏠했다.

나는 4차원의 공간을 열 수가 있었고, 그 안에는 내가 지금까지 모아 둔 모든 재물이 들어 있었다.

얼마나 되냐고?

세 보지 않아서 모른다. 다만 지구에서 나보다 많은 재산을 가진 이는 어디를 찾아봐도 없을 것이다.

사우디 왕가, 로스차일드?

다 합쳐도 내 재산에는 안 된다.

내가 사는 저택은 대한민국의 동 하나 크기다.

그런 집에서 살던 사람이 바로 나다.

그런 나이기에 이런 집은 그냥 수수한 정도로만 보일 뿐이었다.

"흠, 이 정도면 나쁘진 않네."

"네?"

귀는 밝네.

"아닙니다."

"도련님, 흑!"

아니, 또 왜, 왜 우는 건데?

"저에게 존댓말을 하시다니…… 역시 병원에 더 계셨어야…….."

"아! 미, 미안."

참 울 것도 많다. 겨우 존댓말에 저렇게 감동이라니.

아무래도 앞으로 험난한 길이 펼쳐질 것 같은 기분이다.

집 안으로 들어서자 집에서 일하는 사람들이 나를 보며 인사를 했다.

하지만 표정들을 보아하니 그다지 좋은 놈은 아니었던 거 같다.

하나같이 똥 씹은 표정으로 보다니…….

부모님과 사이가 멀어진 것은 아마도 나, 그러니까 이곳 세상에 존재하던 강영웅의 탓이 더 컸을 것 같다는 느낌이 들었다.

불편한 시선을 뒤로하고 안으로 들어서니 누군가가 나를 불렀다.

"병원에는 무슨 일로 간 거냐? 방금 연락받았다, 네가 왔다 갔다고. 그런데 무슨 일로 왔는지 통 말은 안 하고 얼버무리기만 하더구나. 이번엔 또 무슨 사고를 친 거냐?"

뒤에서 들려오는 차가운 목소리를 듣는 순간 나는 멈춰 섰다. 그토록 그리워하던 목소리가 들린 것이다.

나는 간절히 바라는 마음으로 천천히 고개를 돌려 목소리가 들려온 방향을 바라보았다.

그곳에는 그녀가 있었다.

"어, 어머니?"

"오냐, 몸에는 별 이상이 없어 보이고."

내 몸 이곳저곳을 걱정스러운 얼굴로 살펴보는 어머니를 나는 말없이 바라만 보았다.

믿기지 않았다.

정말로 내 어머니였으니까. 그토록 보고 싶었던 내 어머니.

"어머니……."

나는 천천히 어머니 앞으로 걸어갔다.

"얘, 얘가 왜 이래?"

와락―!

나는 그토록 품에 안아 보고 싶었던 어머니를 꼬옥 안았다.

"여, 영웅아, 너, 너 정말로 어디 아픈 거니? 애가 갑자기 왜 이래?"

걱정 가득한 어머니의 목소리에 나도 모르게 눈물이 나왔다.

내 눈물을 보셨는지 당황하던 어머니가 나의 등을 토닥여 줬다. 처음에 들렸던 차가운 목소리는 사라진 지 오래였다.

"그래, 우리 아들 정말 무슨 일 있는 거니? 응?"

그래, 어머니는 따뜻하구나.

나는 안도할 수 있었다.

어머니마저 나를 내놓은 자식으로 취급하며 무시했다면, 나는 정말로 이 세상에 무슨 짓을 할지 몰랐다.

폭주해서 역대급 악당이 되었을지도.

"이제 정신 차리고 열심히 살게요, 어머니."

내 한마디에 어머니의 동공이 커졌다. 그녀의 표정엔 당황과 공포가 섞여 있었다.

"너 솔직히 말해! 무슨 사고를 쳤어? 응?"

"네?"

어? 내가 원한 반응은 이게 아닌데?

나의 말에 대한 반응치곤 격했다.

보통 이런 말을 하면 꼭 안아 주거나 하는 게 정상 아닌가.

하지만 어머니는 내가 아닌 한 비서를 닦달하기 시작했다.

"아니다! 네가 제대로 말을 할 리가 없지. 한 비서, 애 왜 이래? 무슨 일이야? 또 무슨 사고를 친 거야?"

"사, 사모님, 그, 그것이……."

"봐 봐! 뭐가 있구나? 바른대로 말 안 해? 당장 자르기 전에 빨리 말해!"

어머니의 서슬 퍼런 목소리에 한지우 비서가 눈을 질끈 감고는 말했다.

"사, 사실 영웅 도련님께서 절벽에서 떨어지셨습니다! 다, 다행히 제가 재빨리 받아서 큰 이상은 없으신데…… 떨어지실 때 충격을 받으셨는지 기, 기억을……."

"기억? 기억을 뭐? 답답하게 진짜! 말을 하다 말아!"

"기, 기억을 잃으신 것 같습니다!"

"……."

한 비서의 말에 어머니가 잠시 입을 다물었다.

나를 지그시 쳐다보았다. 그러다 문득 무언가를 깨달은 듯 정말 놀란 표정으로 한 비서를 다시 보았다.

그러고는 심하게 말을 더듬으며 입을 열었다.

"그, 그러고 보니…… 여, 영웅이가 나를 어, 어머니라고…… 거기다가 조, 존댓말을 사용했어. 하, 한 비서도 들었지?"

"네, 네! 저, 저도 똑똑히 들었습니다. 시, 심지어 저에게도 존댓말을 하십니다."

"뭐! 그게 정말이야?"

어머니가 경악한 표정으로 나를 바라보았다. 마치 죽은 사람이 살아 돌아왔을 때의 표정이었다.

믿기지 않는다는 것이지.

부모의 눈이 저렇게 바뀔 정도라니…… 이 자식은 도대체 어떤 삶을 산 거야?

어찌 살았기에 보는 사람마다 반응이 다 이렇게 신선할까.

상황이 안정되면 심층 분석을 해 봐야겠다.

나 자신을 알라.

지금 나에게 가장 필요한 것이었다.

어머니는 잠시 멍하니 나를 바라보다가 한 비서에게 말했다.

"나, 나는 기억하잖아……."

"사모님을 그만큼 사랑하신 게 아닐까요?"

한 비서의 말에 어머니가 움찔하더니 표정이 점차 풀렸다.

"그, 그렇지. 내 자식인데 어미는 기억해야지, 흠흠."

뿌듯한 표정과 걱정스러운 표정이 섞인 모습으로 다시 나를 바라보았다.

그런데 의외로 표정이 밝았다. 자식이 기억을 잃었다고 하면 보통 걱정을 해야 하는 거 아닌가?

"기억을 잃었다면 처음부터 다시 시작할 수 있다는 얘기도 되겠지? 안 그래요, 한 비서?"

"그, 그렇습니다."

"병원에서는 뭐래?"

"병원에서도 장담을 못 하겠다고."

"그래? 그럼 앞으로 병원에 가지 마. 혹시라도 치료되면 어떡해?"

"알겠습니다."

"다행이야. 이제 정말 포기해야 하나 고민하고 있었는데 하늘이 이렇게 또 기회를 주시네요, 감사하게도."

이게 무슨 소리지?

아니, 엄마 입에서 저런 소리가 나올 정도면…….

이 자식이 도대체 뭘 하고 살아온 건지 가늠이 가질 않았다.

나도 그렇게 좋은 성격은 아니지만, 이놈은 정말로 집안에서 포기한 자식이었나 보다.

"아들, 기억 찾으려고 하지 마. 안 찾아도 돼. 그냥 다시 시작한다 생각하고 마음 편하게 먹어, 알았지?"

오히려 내가 기억을 찾을까 봐 그것을 더 걱정하는 모습이었다.

"엄마 말 듣고 있니?"

"네? 네……."

내가 조심스럽게 대답하자 어머니의 표정이 환해지면서 내 머리를 쓰다듬었다.

"호호호, 우리 아들에게 이런 귀여운 면이 있었네? 호호, 그래. 피곤할 테니 어서 들어가 쉬렴. 한 비서가 잘 좀 챙겨 줘요."

"알겠습니다, 사모님."

둘의 대화를 들으며 나는 황당한 표정을 지었다.

아들이 기억을 잃었는데 그것을 다행으로 아는 어머니와 그것을 아무렇지 않게 생각하는 비서.

어머니가 시야에서 사라지자 나는 한 비서를 붙잡고 물었다.

"제가, 아니 내가 도대체 어떤 삶을 살았는지 좀 알려 줄래요?"

내 말에 한 비서가 화들짝 놀라며 심각한 표정을 지었다. 잠시 고민하더니 힘겹게 입을 열었다.

"저, 정말로 들으셔야겠습니까? 굳이 안 들어도 되는 내용입니다."

부들부들 떨면서 말하길 꺼리는 한 비서를 바라보며 나는 두 눈을 부릅떴다.

"빨리 말해 줘요! 그래야 새 삶을 살든 뭘 하든 할 거 아닙니까."

한 비서는 잠시 말이 없다가 나를 보며 말했다.

"하아! 알겠습니다. 일단 방으로 가시죠."

당연히 이 자식 방이 어딘지 알 턱이 없으니 한 비서를 따라 들어갔다.

그런데 방 상태가 개판 오 분 전이었다.

청소가 조금도 되어 있지 않았고, 사방에 술병이 널브러져 있었다. 여기저기에 쓰레기들이 가득했고, 온갖 음식물들이 썩어 가고 있었다.

냄새 또한 어찌나 지독한지 나도 모르게 코를 막았다.

쓰레기 처리장을 가도 이것보단 깨끗할 것 같다는 생각이 들 정도였다.

"읍! 뭐, 뭐야? 여기가 내 방이라고?"

경악하며 뒷걸음질 치는 나를 보며 한 비서가 고개를 끄덕였다.

아니길 바랐는데 정말로 내 방이 맞았다.

이 세계의 강영웅은 도대체가 뭐 하는 새끼란 말인가. 왠지 내 얼굴에 다른 놈이 똥칠을 한 기분이었다.

시간이 지날수록 경악할 일만 늘어 갔다.

"도련님께서 방에 누가 들어오는 것을 극도로 싫어하셔서…… 심지어 청소하러 들어온 청소부들을 마구 때리신 적도 있으십니다."

"헐…… 진짜? 내가? 정말로?"

믿기지 않아서 연신 물어보는 나를 보며 고개를 끄덕이는 한 비서였다. 그러고는 환하게 웃으며 말했다.

"자신의 방을 보고 그런 표정을 지으시니 이제야 좀 사람 같네요."

그럼 전에는 내가 사람으로 안 보였다는 건가?

한숨이 나왔다. 이건 뭐 답도 없는 놈이었나 보다.

하긴, 집에서 포기했을 정도면 말 다 했지.

이렇게 사는 놈이라면 나라도 포기했을 것 같다. 충분히 부모님의 심정을 이해하고도 남았다.

"이, 이런 거면 기억을 안 찾는 것이 나을지도 모르겠네요."

"저도 그렇게 생각합니다, 도련님! 그냥 과거는 모두 잊고 새 인생 산다 생각하시고 살아 보는 것도 나쁘진 않다고 봅니다."

내 말에 신난 표정으로 대답하는 한 비서를 보며 나는 어색하게 웃었다.

얼마나 시달렸으면 사람이 기억을 잃었다는데 저렇게 좋아할 수 있을까.

가만…… 생각해 보니 나랑 몸이 바뀌었다면…….

나는 우주에 있었다. 그것도 블랙홀에 빨려 들어가기 직전이었지. 그렇다는 건, 이 세상의 강영웅은 더는 우주 어디에도 없다는 이야기다.

나는 피식 웃었다.

그냥 다른 삶을 살고 싶었을 뿐인데, 이렇게 황당하게 그 꿈이 이루어질 줄은 몰랐다.

그래. 이곳에는 나를 히어로라고 생각하는 사람들이 없으니, 눈치 볼 필요 없이 살 수 있겠지.

이번엔 편하게 살자. 그리고 맘껏 즐기며 살자.

미친놈이 얼마나 더럽게 살았는지 쓰레기가 5t 차로 세 대나 나왔다.

하! 이걸 내가 한 걸로 생각할 거 아닌가.

내가 한 짓은 아니지만 쪽팔리는 건 내 몫이었다.

화가 치밀었지만 이미 세상에 없는 놈에게 뭐라 하겠는가.

그냥 묵묵히 닦고 또 닦았다.

어머니는 방 안의 쓰레기를 싹 다 치우고 청소하는 내 모습을 보며 감격하셨다.

그냥 내가 냄새에 죽을 것 같아서 치우는 것인데 의도치 않게 감동을 선사했다.

어찌 됐든 더러운 냄새까지 싹 빠진 깨끗한 방에 새로운 가구와 침대가 순식간에 채워졌다.

맘 같아선 집을 통째로 새로 짓고 싶었지만, 여긴 내가 살던 곳이 아니다. 이 정도로 만족해야 했다.

그래도 역시 재벌이라 금방금방 처리되었다.

향기로운 냄새로 가득한 침대에 누워 그간의 일들을 정리했다.

일단 이곳은 내가 살던 세상보다 20년 전인 2000년이었다.

블랙홀로 인해 시간의 흐름이 역행한 것인가?

모를 일이었다.

나는 이 집안의 짐이었고, 아무런 능력도 없는 무능력자였다. 그저 부모를 잘 만난 재벌 2세일 뿐이었다.

그나마 다행인 것은 기억을 잃은 컨셉을 여기 사람들이 아주 긍정적으로 바라본다는 거였다.

기억을 찾게 한다는 둥 치료한다는 둥 난리를 치면 어쩌나 고민했는데, 쓸데없는 고민이었다.

이곳에 살던 원래 강영웅이 쓰레기였던 것이 이렇게 도움이 될 줄은 몰랐다.

'뭐부터 해야 할까?'

일단 나에 대한 이미지를 업그레이드하는 것이 급선무였

다. 지금 이미지로는 무엇을 해도 역효과를 낼 것이다.

찌질이에 인생 파탄자로 낙인이 찍힌 채 살아가는 것은 사양이다.

나는 전 세상에서 지구를 지키는 히어로이기도 했지만, 엄청난 부를 지녔던 초재벌이기도 했다.

나의 머릿속에는 수많은 기술이 들어 있었다. 그것들을 이용해서 나만의 부를 축적할까, 아니면 4차원 공간에 있는 엄청난 재물로 세상을 주물러 볼까?

물론 그보다, 이 세계에 전 세상의 기술들이 먹히느냐를 확인하는 것이 먼저였다.

수많은 생각이 머릿속을 휘젓고 다니고 있을 때, 아래층에서 소란스러운 소리가 들려왔다.

나의 초인적인 귀에는 당연히 그 소리가 생생하게 들렸다.

"그 녀석이 집에 왔다고? 내쫓지 않고 받아 주었어?"

"기억을 잃었대요."

"그걸 믿어? 제 놈이 당장 죽게 생겼으니 한 비서 놈이랑 짜고 연기하는 거지."

"아니에요. 오늘 보니 정말로 기억을 못 하는 거 같더라고요. 세상에, 저에게 존댓말을 하더라니까요."

"뭐? 거, 거짓말하지 마! 그놈이 존댓말을 했다고? 당신한테? 지금 그런 말도 안 되는 소릴 나더러 믿으라고?"

"그랬다니까요. 게다가 오늘 들어오자마자 자기 방을 보더니, 기겁하면서 전부 정리했어요."

"다, 당신 오늘 왜 이래? 왜 자꾸 거짓말을 하는 거야?"

"정말이래도! 이이가 왜 내 말을 안 믿는 거예요!"

"못 믿겠어. 내가 확인을 해 봐야겠어."

쿵쾅쿵쾅-!

다급하게 계단을 올라오는 소리에 나는 재빨리 침대에서
일어났다.

이쪽 세상의 아버지와 첫 대면인데 침대에 누워서 마주할
수는 없었으니까.

나는 책을 꺼내어 읽는 척을 했다.

벌컥-!

놀란 척하며 방문 쪽을 바라보자 내 기억 속에 있던 아버
지가 그곳에 서 있었다.

나도 놀란 표정이었지만 아버지의 표정은 그야말로 귀신
을 본 듯했다.

연신 방 안 여기저기를 둘러보더니 나를 바라보았다.

"너, 너…… 누구야!"

"네?"

이게 뭔 소리지?

설마…… 내가 자기 자식이 아닌 것을 눈치챘나?.

"내, 내가 아는 그놈이라면 자기 방을 이렇게 깔끔하게 정
리하고 그것도 모자라 책까지 읽고 있을 리 없다! 너 누구야!"

버럭 화를 내며 나에게 삿대질을 하는 아버지.

아, 방을 깨끗이 하고 책을 읽는 것조차 경악하게 만드는 놈이라니.

알면 알수록 그레이트 미친놈이었다.

"아유, 이이가 정말! 아까 말했잖아요! 기억을 잃었다고! 애 놀라게, 진짜. 이러다가 저 녀석 기억이라도 돌아오면 어쩌려고 그래요!"

어머니가 화들짝 놀라며 아버지의 입을 막았다.

그게 문제였습니까?

내 기억이 돌아오는 것이 더 두려운 눈빛이었다.

그 한마디의 효과는 엄청났다.

버럭 화를 내던 아버지의 입이 순식간에 닫혔다. 심지어 내 눈치를 보고 있었다.

"마, 말이 그렇다는 거지……."

아무래도 내 이미지 업그레이드 작업을 빨리 진행해야 할 것 같다.

일단 아버지에게 인사를 했다.

"아버지, 다녀오셨습니까?"

"……."

인사를 했는데 반응이 없어서 고개를 들어 보았더니, 동공이 세차게 흔들리며 믿을 수 없다는 표정으로 나를 바라보고 있었다.

"내, 내가 아버지인 것은 기억하는 게냐?"

나는 고개를 끄덕이며 대답했다.

"네, 그렇습니다."

"허! 이걸 믿어야 하는지……."

아버지의 눈에 비친 감정은 나를 향한 불신과 경멸이었다.

'하아, 저것을 보니 갈 길이 멀군. 최악의 경우 집에서 나가는 것도 염두에 두어야겠다.'

원래 혼자였기에 딱히 크게 문제 될 것은 없었지만 그래도 마음이 씁쓸했다.

그토록 뵙고 싶었던 부모님을 앞에 두고도 이렇게 거리를 두어야 하는 현실이 좀 짜증도 났다.

"일단 지켜보겠다."

겨우 입에서 나온 한마디가 저거였다.

"학교부터 다시 가거라."

"네?"

학교? 무슨 학교?

"허…… 정말로 아무것도 기억이 안 나는 것이냐?"

"네…… 무슨 학교를 말씀하시는지……?"

"고등학교지. 고등학교가 뭔지는 알지?"

나도 모르게 고개를 끄덕였다.

그 모습에 더욱더 미심쩍은 표정으로 나를 잠시 바라보더니 앓는 소리와 함께 등을 돌려 내려갔다.

"아들, 신경 쓰지 말고 오늘은 푹 자 둬. 내일, 내일 다시 얘기하자."

"네, 어머니."

"호호호, 그 어머니라는 소리 정말 듣기 좋다. 앞으로 쭉 그렇게 부르렴."

종종거리며 내려가시는 어머니까지 보내고 몸을 돌린 난 한숨부터 나왔다.

"고등학교라니……."

좋아해야 할지 말아야 할지 감이 잡히지 않는 밤이었다.

─────

거울 속에 비친 내 모습을 보니 웃음이 나왔다.

졸업한 지 20년이 지났는데 고등학생이라니…….

시간도 역행했다는 사실을 깨달았다.

'그렇다는 것은 내가 살던 세상과 어느 정도 일치한다는 얘긴데……. 그럼 나야 더 좋지. 생각보다 수월하겠어.'

밖으로 나오니 한 비서가 차 문을 열고 대기를 하고 있었다.

"도련님, 타시죠."

나는 고개를 끄덕이고는 자연스럽게 차에 올라탔다.

차에 탄 한 비서가 눈물을 글썽이며 말했다.

"흑! 도련님을 다시 학교에 모셔다드리는 날이 올 줄이야."

그게 울 일이냐?

차에 탄 한 비서가 몇 가지 주의 사항을 알려 주었다.

일단 학교에서도 나는 유명하단다.

물론 안 좋은 쪽으로 말이다.

건드는 사람은 없으니 학교에서 생활하는 데 불편함은 없을 거란다.

시비 거는 놈이 없다니.

그건 좀 심심할 거 같다.

어쨌든 고 3이고 한 학기만 더 다니면 된다고 했다.

결석을 밥 먹듯이 했는데도 유급을 안 당하다니.

학교가 아버지 소유라 가능했다.

사실 퇴학 처리하고 호적에서 완전히 지워 버리려고 했었단다.

그것을 어머니와 한 비서가 매달려서 간신히 말렸다고.

아무리 못난 자식이어도 고등학교는 졸업시켜야 하지 않겠냐며 아주 절절하게 매달려서 설득했단다.

아, 역시 어머니.

앞으로 정말 잘해 드려야지.

어찌 되었든 생각하지도 않게 고등학교 시절을 다시 즐기게 되었다.

'나름 재밌겠네. 추억도 떠올릴 겸…… 아! 이미지 상승에 가장 좋은 방법이 있었구나!'

그랬다. 학생이라면 가장 확실하게 이미지를 업그레이드 할 수 있는 방법이 있었다.

성적!

가장 쉬운 방법이 눈앞에 있었다.

나의 두뇌는 인간을 초월했다. 한 번 본 것은 모조리 기억하고, 그 원리까지 파악했다.

고등학교 시험쯤이야.

그런데 이 세상도 성적을 최우선으로 쳐주나?

각성자가 대우를 받는 세상이라 잘 모르겠다. 그래도 일단 부딪쳐 보기로 했다.

한 비서를 따라 교무실로 들어갔다.

내가 모습을 드러내자 그 안에 있던 모든 교사가 일제히 귀신 보는 눈으로 나를 바라보았다.

'여기도냐?'

이제 새삼스럽지도 않았다.

이게 일상의 일부가 될 판이었다.

그리고 항상 경외심, 존경심 그리고 팬심으로 바라보는 눈빛만 보다가 저런 눈빛을 보니 나름 신선했다.

그중에 누가 봐도 가장 높은 직책에 있을 법한 교사가 두려운 눈빛으로 다가왔다.

"하, 한 비서님, 오, 오랜만이십니다. 여, 여긴 어쩐 일로?"

학생이 학교에 뭔 일로 왔을까?

당연한 것을 제발 아니기를 바라는 눈빛으로 물어 오는 교사였다.

"아, 교감 선생님! 하하하, 반갑습니다. 무슨 일이겠습니까? 저희 도련님께서 다시 학교에 다닌다고 알려 드리려고 왔죠!"

"헉!"

"허헉!"

"꺅!"

쿠당탕-!

순식간에 교무실이 공포 분위기로 변했다.

"아아, 저희 도련님께서 기억을 잃으셔서 과거를 전혀 기억하지 못하십니다."

한 비서의 말에 교무실에 있던 사람들의 눈빛이 희망의 눈빛으로 변해 갔다.

그 정도냐?

기억을 잃었는데 동정을 받기는커녕 환대를 받고 있었다.

이 정도면 거의 악의 축이었다.

"저, 정말입니까? 그럼 서, 성격도?"

"네, 보십시오. 저희 도련님 얌전히 서 계시지 않습니까?"

"그, 그러네요. 전이었으면 이미 교무실 문부터 박살이 났을 텐데……."

"그거 보십시오! 저희 도련님 변하셨다니까요."

그걸 그렇게 자랑스럽게 얘기하지 마.

쥐구멍에라도 들어가고 싶다. 하필 바뀌어도 이딴 세상에 있던 놈하고 뒤바뀌냐.

이미 블랙홀에 빠져서 사라졌을 그놈을 향해 이를 갈며 고개를 숙였다.

"열심히 하겠습니다!"

나는 나름대로 분위기를 바꿔 보겠다고 큰 소리로 말했다.

그런데 한쪽에서 숨넘어가는 소리가 들려왔다.

"끄어어억!"

"헉! 이 선생, 이 선생! 구, 구급차! 구급차 불러!"

한 명이 거품을 물고 쓰러졌다.

내 담임이란다.

젠장!

얼마나 긴장하고 있었는지 내 목소리를 듣고 기절을 한 것이다.

이제 두렵다.

과연 이게 공부만 잘한다고 이미지가 바뀔 것인지 의문이 들었다. 아니, 무엇을 해도 바뀌지 않을 것 같아 걱정이었다.

다행히 나의 담임은 정신을 차렸다.

양호실로 옮겨지는 그를 보며 나는 교실로 걸음을 옮겼다.

3학년 2반.

내가 공부를 하는 곳이다.

드르륵.

문을 열자 조용히 공부하던 애들의 시선이 일제히 나를 향했다.

딸그락-!

딸그락-! 딸그락-!

무언가가 떨어지는 소리가 사방에서 들려왔다.

샤프가 바닥으로 떨어지는 소리였다.

애들이 나를 보는 눈빛?

말해 뭐 하나.

이제 반응하기도 귀찮다.

뒤에 불량하게 앉아 있던 애들의 동공 역시 격하게 흔들리고 있었다. 그것만 봐도 인간 강영웅의 행실이 짐작되었다.

그렇게 생각지도 않은 고등학생 생활이 시작되었다.

⟨────⟩

천강고등학교 교무실의 분위기가 무거웠다.

교무실에서는 금연이었음에도 대부분의 교사가 줄담배를

피우고 있었다.

하지만 아무도 그것을 제지하지 않았다. 개교 이래 가장 다루기 어려운 문제아가 다시 돌아왔기 때문이다.

이사장인 천강 그룹 회장의 아들인 데다, 성격도 지랄 같아서 선생뿐 아니라 천강고등학교 내에서는 재앙으로 통했다.

자기 맘에 들지 않으면 선생이고 뭐고 가리지 않고 때렸다.

그 일로 그만둔 교사만 앉혀도 반 하나를 채울 정도였다.

그렇다고 쫓아낼 수도 없으니 미칠 노릇이었다.

그러다 이사장이자 천강 그룹 회장인 강백현이 직접 아들을 끌고 나갔을 때, 학교의 모든 이가 만세를 불렀다.

평화가 그렇게 찾아오나 했는데…….

"비상사태입니다. 다들 이유는 알고 계시죠?"

교감의 떨리는 말에 다들 고개를 끄덕였다.

"회장님께서 직접 전화 주셨습니다. 이번이 정말 마지막이라고 하시면서, 혹시라도 예전과 같은 성격이 나오면 바로 전화하라고 하셨습니다. 곧바로 끌고 가겠다고 하셨으니 일단 지켜보시고, 예전과 같은 성격이 보이면 바로 저에게 말해 주십시오."

"저, 정말로 마지막일까요? 들어 보니 기억을 잃었다고 하던데."

"저도 그렇게 들었습니다. 회장님께서는 연기하는 거 같

1장 55

다면서 일단 지켜보라 하셨습니다. 자! 다들 많이 힘들겠지만, 위기를 잘 넘겨 봅시다. 이번 일만 잘 넘기면 엄청난 보너스를 약속하셨습니다."

보너스라는 말에 침울하던 표정들이 펴지기 시작했다.

그렇게 회의를 마무리하려는데, 문이 열리면서 누군가가 다급하게 들어왔다.

"사, 사건입니다!"

들어온 사람은 체육 선생이었다.

"아니, 만호 선생! 무, 무슨 일입니까?"

"가, 강영웅 학생이 그, 글쎄! 헉헉!"

얼마나 다급하게 달려왔는지 말을 하다가 말고 거친 숨을 몰아쉬었다.

강영웅이라는 말에 교무실의 공기가 무거워졌다. 다들 침을 꿀꺽 삼키며 긴장한 표정이었다.

"아니, 왜 말을 하다 말아요! 그놈이 사고 쳤습니까?"

"그럼 그렇지! 개가 똥을 끊지, 그놈이 개과천선할 리가 없습니다."

"맞습니다! 차라리 잘되었습니다. 회장님께 빨리 전화하셔서 치워야 합니다!"

다들 당연히 강영웅이 사고를 쳤다고 생각하며 격분했다.

"아, 아닙니다! 사고를 친 게 아니고 고, 공부하고 있습니다!"

"……."

"……!"

체육 선생의 말에 일순간 교무실에 정적이 찾아왔다.

교감이 제일 먼저 정신을 차리고 벌떡 일어나면서 소리쳤다.

"그게 무슨 말입니까? 누가 뭘 해요?"

"공부요! 공부하고 있단 말입니다!"

"아니, 이 선생! 지금 우리 가지고 장난치는 겁니까? 강영웅이 공부를 한다고요? 그걸 지금 믿으라는 말입니까?"

체육 선생은 답답했는지 가슴을 치며 말했다.

"제가 지금 이 두 눈으로 똑똑히 보고 왔습니다. 심지어 같은 반 애들도 그 모습에 다들 공포에 떨고 있습니다."

"허어……."

학생이 공부한다는데 좋아하는 교사가 단 한 명도 없었다.

오히려 이게 무슨 수작일까 하는 표정들이었다.

"일단 내가 가서 보고 오겠습니다. 다른 선생님들은 어서 수업에 들어가시지요."

교감은 체육 선생을 대동하고 강영웅이 있는 3학년 2반으로 향했다.

도착해서 창문으로 살펴보니, 강영웅은 정말로 책을 펼치고 공부를 하고 있었다. 그것도 책이 뚫어지라 살펴보고 있었다.

교감은 설마 하는 마음으로 그 장면을 지켜보았다.

그런데 책장을 넘기는 속도가 좀 빨랐다.

그 모습에 교감이 혀를 차며 말했다.

"쯧쯧! 이 선생님, 저게 공부하는 겁니까? 공부하는 학생이 책을 저렇게 대충대충 보고 넘깁니까? 우리가 낚인 겁니다, 에잉."

교감은 짜증을 내며 교무실로 돌아갔다.

남아 있던 체육 선생 역시 영웅이 책을 빠르게 넘기는 것을 보더니, 실망한 표정으로 고개를 절레절레 흔들며 교감을 따라갔다.

물론 영웅은 단순히 책을 빨리 넘기고 있는 것이 아니었다.

그는 한 번 본 것을 모두 기억하는 능력자.

이미 다 알고 있는 내용이었지만 혹시나 이쪽 세상은 무언가 다른 게 있나 하고 살펴보는 중이었다.

탁―!

'확실히 무언가 다르네. 미묘하게 달라. 특히 역사는 완전 다르군.'

그러다가 영웅의 눈에 특이한 과목이 들어왔다.

―세계 헌터사

'세계 헌터사? 이건 뭐지? 처음 보는 거네.'

영웅은 책을 펼쳤다. 이쪽 세상에 있다는 각성자에 관한 역사책이었다.

책에 따르면 각성자들을 헌터라고도 불렀다.

영웅은 집중해서 그것을 읽어 갔다.

그런 영웅의 모습에 반 아이들은 연신 눈치를 보며 책장 넘기는 소리도 나지 않게 조심조심하고 있었다.

한참을 읽던 영웅이 그러한 반 분위기를 느끼고 자리에서 일어났다. 불편해서 도저히 집중이 되지 않았기 때문이다.

영웅이 밖으로 나오자 크게 한숨을 쉬는 소리가 반에서 들려왔다.

그 소리에 영웅은 고개를 흔들며 옥상으로 향했다.

옥상으로 올라오자 탁 트인 풍경이 눈앞에 펼쳐졌고 푸른 하늘이 그를 반겼다.

언제나 날아다니던 하늘을 이렇게 바라보니 새삼 다른 세상에 온 것을 깨달을 수 있었다.

'정말로 다른 세상에 왔구나. 거참, 고등학교를 다시 다닐 줄이야.'

늙지 않는 신체를 지녔기에 가능한 일이다. 확실하진 않지만 불사의 몸을 지녔을지도 모른다.

암튼 10대의 모습 그대로였다. 그렇지 않았으면 이곳에 있는 부모님이 자신을 자식으로 생각하지 않았을 것이다.

구석에 가서 벽에 등을 기대고 아까 읽던 세계 헌터사를 마저 읽기 시작했다.

하지만 그것은 오래가지 못했다. 한 무리의 아이들이 옥상으로 올라왔기 때문이다.

그 아이들은 자연스럽게 담배에 불을 붙이며 떠들어 대기 시작했다.

"후우! 야, 담탱이 졸라 짱나지 않냐?"

"아, 몰라! 무슨 3학년 선배 중에 꼴통이 다시 복귀했다고, 그것 때문에 담탱이 신경 졸라 날카로워. 당분간 몸 사려라."

담탱이, 졸라…… 짱난다.

요즘 아이들은 사용하지 않는 단어다.

'아, 맞다. 여긴 2000년이었지.'

신기했다, 이런 말투들을 평행세상에서도 쓰고 있다니.

어느 세상이든 유행은 비슷한 모양이다.

아무튼 올라온 아이들은 2학년 일진들 같았다.

될 수 있으면 눈에 띄지 않으려고 조금 더 구석으로 가려고 몸을 일으켰는데.

쨍그랑-!

자리를 옮긴다는 것이 난간에 있는 화분을 건드려 떨어뜨렸다.

소리가 들리자 2학년 일진들이 영웅이 있는 곳으로 걸어왔다.

"뭐야? 뭐가 있나?"

"뭔가 깨지는 소리가 들렸는데? 누가 있나 본데?"

영웅이 있던 곳으로 온 아이들과 영웅의 눈이 마주쳤다.

당황스러움이 가득한 눈으로 바라보자, 잠시 멀뚱멀뚱 쳐다보던 아이들이 웃음을 지으며 건들거리기 시작했다.

"너 뭐냐?"

그러더니 영웅의 이름표를 보았다.

"어라? 3학년이네?"

"모르는 형인데?"

"전학 왔나? 아님 전학 오자마자 따를 당하셨나?"

"크크크! 왜 옥상에 올라와서 사색하신대?"

자기들끼리 키득거리면서 떠들어 댔다.

"하하, 나는 그냥 책 보러 올라온 거니 나 신경 쓰지 말고 너희 일 봐라."

영웅이 어색하게 웃으며 말했다.

그런데 그것이 역효과를 불러왔다.

"하하? 너희 일 봐라? 선배님, 말이 짧네? 나 알아?"

"어디서 전학 왔어, 선배님?"

반말인지 존대인지 가늠이 어려운 언어를 구사하며 영웅을 둘러쌌다.

"후배들 출출한데 선배로서 간식 같은 거 안 사 주나?"

"키키키! 야야, 선배 울겠다. 그만해라."

영웅의 표정에서 웃음기가 사라졌다.

원래 세상에서 이 모습을 악당들이 봤다면 오줌을 지리고 뒤도 돌아보지 않고 도망갔을 것이다. 그의 표정이 굳었다는 건 곧 온몸의 뼈가 무사하지 않을 것이라는 뜻이었으니까.

하지만 이곳의 고딩들은 그의 무서움을 알 리가 없으니 지금 이러고 있었다.

영웅이 참지 못하고 폭발하려는 그때, 또 다른 무리가 올라왔다.

"야, 이 새끼들아! 거기서 뭐 해?"

"빠져서 선배님들 올라오는데 인사도 안 하고……."

영웅과 같은 나이의 3학년 일진들이 올라온 것이다.

2학년 일진들은 재빨리 그들에게 달려가 90도로 인사를 했다.

"오셨습니까, 선배님!"

"오냐! 담배 있으면 하나 줘라."

"네!"

2학년 애들이 주는 담배를 받아 문 다음 깊게 한 모금을 빨고는 연기를 내뿜으며 영웅을 바라보았다.

"쟤는 뭐냐? 새로 온 전학생이냐?"

"전학생이 왔냐? 신고식 중이었어?"

"크크크! 적당히 해라, 적당히. 지금 학교 분위기 안 좋으니까."

3학년 일진들의 말에 2학년 일진들이 굽신거리며 대답했다.

"네! 알겠습니다, 선배님!"

"야, 됐고! 이리 데려와 봐."

3학년의 말에 2학년 몇 명이 달려가 영웅을 데려왔다.

영웅은 고개를 숙였다.

끓어오르는 분노를 어찌 풀까 고민 중이었다.

"이 새끼 고개를 숙이고 있네. 야, 고개 들어! 고개 들……
헉!"

고개를 든 영웅의 얼굴을 본 3학년 일진들이 공포에 질린
얼굴로 뒤로 물러섰다.

2학년 일진들은 이게 무슨 일인가 싶어 영웅과 3학년 선배
들을 번갈아 바라봤다.

"선배님, 아시는 분입니까?"

2학년 일진의 질문에도 3학년 선배들은 사색이 된 채로 부
들부들 떨기만 하고 있었다.

그때.

"야……."

영웅의 입에서 목소리가 흘러나왔다.

단 한마디였다.

그런데 그 한마디의 여파는 엄청났다.

"응! 여, 영웅아! 그, 그게 아니고."

"어! 여, 영웅아! 너, 너였어?"

"미, 미안! 너인 줄 몰랐어. 마, 말해."

다들 겁을 잔뜩 먹은 채 바들바들 떨며 대답했다.

"너희 나 아냐?"

영웅의 질문에 다들 이게 무슨 소린지 몰라 고개를 갸우뚱했다.

"내가 기억을 잃어서 말이야. 나는 너희가 기억이 안 나서. 혹시 나랑 친했냐?"

기억을 잃었다는 말에 다들 저것을 믿어야 할지 말아야 할지 고민하는 것이 표정에서 드러났다.

아마도 전에 이런 장난을 많이 했었나 보다.

"여, 영웅아, 기, 기억을 잃었다니? 그, 그게 무슨 말이야?"

"말 그대로다. 나는 아무런 기억이 없다. 부모님을 말고 모든 기억을 잃었다."

"저, 정말? 자, 장난 아니고?"

영웅이 고개를 끄덕이자 일진들의 표정이 변했다.

"뭐야? 그걸 왜 이제 말해, 찐따 새끼야!"

"그래! 새끼야, 넌 우리 따까리였어. 눈 안 깔아?"

태세 전환이 빠른 놈들이었다. 그것이 곧 재앙으로 이어지는 줄도 모르고.

엄청난 태세 전환에 영웅은 어이가 없는 표정으로 이들을 바라보았다.

"눈 안 깔아? 이 새끼가!"

마치 물 만난 물고기들처럼 펄떡대고 있었다.

"눈 까……."

빠악-!

"켁!"

쾅당탕-! 꿈틀꿈틀-!

단 한 방.

아주 살짝, 진짜 살짝 앞에서 깔짝대던 놈을 후려쳤다.

진짜로 힘을 주면 뒈지기 때문에 그럴 순 없었다. 죽일까도 생각했지만 그건 너무 나간 거 같고…….

곧바로 옆에 있는 놈들에게도 영웅의 주먹이 날아갔다.

빠바바바박-!

"케엑!"

"커헉!"

"꾸엑!"

쾅당- 우당탕탕-!

모두 다 공평하게 한 방씩 먹여 주었다.

옥상 바닥에는 게거품을 물고 기절한 3학년 일진들이 꿈틀거리고 있었다.

영웅이 2학년들을 바라보며 말했다.

"야!"

"네!"

역시 뭐든 보여 줘야 한다.

저렇게 빠릿빠릿하게 대답 잘하는 것을 보라.

힘은 이렇게 쓰는 것이다.

이렇게 쉽게 할 수 있는 걸 명분이니 뭐니 하며 빙빙 돌아가는 것은 영웅의 성격이 아니었다.

"물 떠 와."

"넵!"

말이 떨어지기 무섭게 달려 나가는 2학년들이었다.

촤아악–!

"어푸푸!"

2학년 애들이 떠 온 물을 맞은 3학년들이 혼비백산하며 정신을 차렸다.

"정신이 드냐?"

사악하게 웃으며 자신들을 바라보는 영웅을 본 3학년 일진들이 앞다투어 무릎을 꿇으며 용서를 빌었다.

"요, 용서해 줘! 반가워서 우, 우리가 자, 장난을 좀 친 거야! 저, 정말이야!"

"마, 맞아! 우, 우리 원래 이러고 놀았어. 정말이다, 영웅아!"

다급했다.

영웅의 기분을 조금이라도 풀어 주기 위해 최선을 다했다.

"나에 대해 아는 모든 것을 남김없이 말해 봐."

"응?"

빠악-!

"커헉!"

털썩-!

"입은 많으니까."

거품을 물고 다시 기절한 놈을 대충 발로 차서 옆으로 밀어 버리고, 나머지 애들을 보면서 환하게 웃었다.

"자, 가장 먼저 대답하는 놈만 내려가는 거야. 나머진 나랑 재미난 놀이를 하면서 오늘 하루를 마무리하는 거고."

영웅의 말에 그곳에 있는 애들의 동공이 세차게 흔들리고 있었다. 그와 동시에 누가 먼저랄 것도 없이 저마다 영웅에 대해 말하기 시작했다.

그들이 알려 주는 영웅은 정말이지 쓰레기였다.

왜 부모들이 포기하고 선생들이 그렇게 기겁했는지 알게 되었다. 그리고 이놈들이 왜 그렇게 공포스러워하는지도.

영웅은 이 고등학교의 짱이었다.

물론 아버지의 힘도 있었지만, 그는 정말로 싸움을 잘했다고 한다.

일반인 고등학교에선 영웅이 가장 강하다고 했다.

그런 그에겐 콤플렉스가 있었는데, 바로 각성자 특성화 학교 애들에게 당하고 온 뒤부터였다고 한다.

각성자 특성화 학교.

어린 나이에 각성한 엘리트들이 다니는 학교라고 했다.

그곳의 학생들은 일반인들을 때리면 안 되는데, 영웅이 얼마나 그들에게 시비를 걸었으면 그중 한 놈이 이성을 잃고 때렸다고 했다.

그 뒤로 영웅은 각성자만 보면 지랄 발광을 했단다.

그리고 그것을 계기로 인간 자체가 완전히 망가진 것 같았다고.

"흐음, 그게 다야?"

"응, 이게 우리가 아는 전부야! 정말이야!"

"사, 사실 우리도 너하고 그리 친하지는 않았어. 그저 오라면 오고 가라면 가고 그랬을 뿐이야."

"맞아! 우리가 바로 너의 따까리였어."

구구절절 말하고는 싹싹 빌기 시작한 일진 무리.

"아, 아깐 정말로 장난이었어! 영웅아, 제발 용서해 줘!"

"예전처럼 네가 하라는 대로 다 할게! 제발 용서해 줘!"

'이런 애들에게 내가 살던 곳에서 했던 것처럼 응징할 수는 없으니 귀엽게 봐주자.'

영웅은 고개를 절레절레 저으며 말했다.

"좋아, 오늘 일은 입단속 잘해라. 나 앞으로 학교 조용히 다닐 테니 괜히 와서 얼쩡거리지 말고."

"응! 아, 알았어!"

"우리만 믿어!"

영웅은 마지막으로 2학년 애들을 가리키며 말했다.

"쟤들이 나 손봐 준다고 하더라. 너희가 교육 좀 제대로 하고."

영웅의 말에 3학년 일진들의 고개가 일제히 2학년 일진들에게 향했다. 그들의 얼굴은 당장이라도 2학년 애들을 찢어 죽일 것 같은 표정이었다.

"으드득! 우리가 확실하게 교육시켜 놓을게."

무언가 갈려 나가는 소리가 들렸지만, 영웅은 가뿐히 무시하고 손을 흔들며 내려갔다.

며칠 후, 천강 그룹 회장실.

"보고해 봐."

천강 그룹의 회장이자 강영웅의 아버지인 강백현이 의자에 앉아 담배에 불을 붙이며 말했다.

그러자 비서가 보고하기 시작했다.

"네, 회장님. 영웅 도련님께서는 현재 학교생활을 잘하고 계신다는 소식입니다."

"흠, 정말로?"

"네, 등교해서 하교할 때까지 쥐 죽은 듯이 조용히 책만

보다가 가신다고 합니다."

"그놈이? 진짜? 믿을 수가 없군. 아무래도 수상해."

자기 아들이 착실하게 학교생활을 한다는데도 의심을 거두지 않는 강백현이었다.

연신 담배를 빨아들이며 고민하던 강백현이 다시 말했다.

"아, 그렇지. 내가 알아보라는 건? 조사해 봤나?"

"네!"

회장의 말에 비서가 자신의 품속에 있던 서류를 건넸다.

서류 겉에는 천강병원이라고 적혀 있었다.

회장은 떨리는 손으로 서류를 넘기며 침을 꿀꺽 삼켰다.

2장

　서류를 한참 들여다본 강백현이 담배를 재떨이에 비벼 끄며 말했다.

　"99.9%라…… 유전자 검사상 일단 내 아들이 확실하다는 소리군."

　"그렇습니다. 상식적으로 말이 안 되는 상상이셨습니다. 다른 사람으로 바뀌었다니……. 유전자가 말해 주고 있지 않습니까. 회장님 핏줄이 확실합니다."

　"자네도 알지 않는가, 그놈이 해 왔던 미친 짓들을. 그런 놈이 하루아침에 기억을 잃었다는 것도 그렇고, 저렇게 완전 다른 사람이 되었는데 믿는 게 더 이상하지. 오죽했으면 내가 이렇게 경계하고 의심을 할까."

비서 역시 강영웅의 기행을 알고 있는지 인상이 굳으며 고개를 끄덕였다.

"기억을 잃은 게 정말 하늘이 내려 준 축복 아니겠습니까? 회장님께 해서는 안 될 말이지만, 저는 그렇게 생각합니다."

"아니야. 나도 그렇게 생각해. 제발 그놈의 기억이 돌아오지 말아야 할 텐데. 사실 영웅이가 어렸을 때는 정말 착하고 순했는데…….."

강백현이 침울한 표정으로 강영웅의 어릴 적 생각을 하다가 말을 이었다.

"그놈의 자격지심이 뭔지, 쯧쯧. 제 형, 누나 들은 전부 각성했는데 자신만 못 했다고 그렇게 인생을 막 살 줄이야."

"각성자들이 대접받는 세상이니까요."

"쯧쯧, 그래도 제 놈은 평생 먹고사는 데 지장이 없지 않은가. 돈 걱정이 있어, 아니면 취업 걱정이 있어. 그냥 아비가 차려 놓은 밥상에 앉아서 맛있게 먹기만 하면 되는 건데. 제 형제들을 시기하고 질투하고, 에잉!"

생각하기도 싫은 듯 고개를 흔드는 강백현이었다.

"그래도 도련님께서 공부도 하시고 의욕적이라고 합니다. 한동안 지켜보시죠."

"하아, 이거 참. 자식이 기억을 잃었다는데 좋아하는 부모라니…… 세상 참."

자신이 생각해도 어이가 없는 상황이었는지 허탈한 웃음

을 지었다.

"알겠네. 그래도 혹시 모르니까 감시를 게을리하지 말고. 고생했어, 이만 가 봐."

"네, 알겠습니다."

천강고등학교에 한바탕 난리가 났다.

강영웅이 모의고사 1등을 한 것이다.

그냥 1등도 아니었다. 전교 1등.

심지어 만점이었다.

말도 안 되는 상황에 학교 전체가 뒤집힌 건 당연했다.

"이거 어찌해야 합니까?"

"뭘 어찌합니까? 당장 회장님께 보고하세요!"

"뭐라고 보고를 합니까? 영웅 학생이 전교 1등을 했으니 축하한다고요, 아니면 부정의 의심이 있다고요?"

"끄응!"

교무실에 있는 교사들 전부 고개를 숙인 채 앓는 소리만 냈다.

"부정행위를 한 흔적은 있습니까?"

교감의 질문에 시험을 감독했던 선생들이 일제히 고개를 저었다.

"특히 신경 써서 지켜봤는데 전혀 그런 게 없었습니다. 커닝 같은 건 말도 안 되고요."

"귀에 특별한 장치를 해서 누군가가 알려 줬다거나 뭐 그런……."

"교감 선생님……."

"하아…… 정말 내가 때려치우든가 해야지, 진짜!"

결국 교감이 폭발했다.

오히려 크게 기뻐해야 하는 상황이 맞았다.

학생의 성적이 크게 올랐는데 좋아할 수 없는 이 현실이 짜증이 났다.

⟨⟩

한편, 이 소식은 천강 그룹 회장실에도 전달되었다.

"뭐! 누가 뭘 해?"

"여, 영웅 도련님이…… 저, 전교 1등을 하셨답니다!"

"미친! 사실이야? 그게 정말이야?"

"네, 방금 보고 들어온 사실입니다!"

"하아, 미치겠군. 이걸 믿어야 한다고?"

자식이 전교 1등을 했는데 난감해하는 아버지였다.

남들처럼 방방 뛰면서 좋아할 수 없는 현실에 강백현은 쓴 웃음마저 나왔다.

"남들이 보면 복 받았다고 하겠군."

이마를 감싸고 심각한 표정으로 고민하던 강백현이 말을 이었다.

"일단…… 하아, 영웅이 데려와."

"네!"

결국, 될 수 있으면 만나지 않으려 했던 아들을 소환하는 그였다.

영웅은 이렇게 난리가 난 상황에서도 조용히 책을 읽으며 하루를 보내고 있었다.

요즘은 헌터 세상을 주제로 공부하고 있었다.

히어로 노릇을 할 마음은 없지만, 인생이 내 맘대로 되는 게 아니라는 걸 뼈저리게 깨달은 터라 혹시 모를 상황에 대비해서 공부하는 것이다.

"흠, 가드륨이라는 것이 몬스터의 몸속에 존재한다고? 그래서 헌터군. 몬스터를 사냥해서 그것을 채취하니까."

헌터의 존재는 세상에서 정말 중요했다. 그들이 가져오는 가드륨은 인간의 생활에 정말 필요했으니까.

헌터는 각성자만 가능했다. 몬스터를 잡으려면 웜홀에 들어가야 했고, 그곳에 들어갈 수 있는 자는 각성자뿐이었다.

그래서 그런지 이 세상은 각성자들을 위주로 돌아가고 있었다.

기업도 그렇고 정부 방침도 그렇고, 일반인들이 아닌 각성자들을 먼저 생각했다.

그것을 보다 보니 기가 막힌 아이디어가 떠올랐다.

"이거 일반인들을 먼저 생각하는 기업이 나오면 대박이겠는데? 왜 이걸 실천하는 기업이 없지? 누가 봐도 틈새시장인데."

인구의 3분의 2가 일반인이었다.

하지만 세상의 기준은 30%를 차지하는 각성자들이었다.

그렇다.

이 세상은 각성자라는 귀족 계급과 일반인이라는 평민 계급으로 나뉜 세상이었다.

그래서 이쪽 세상의 강영웅이 그렇게 엇나갔나 보다.

제 형제들은 각성해서 귀족의 핏줄을 이어받았는데, 자신만 평민이었으니 미칠 노릇이었겠지.

생각을 정리하며 영웅은 웃었다.

"재밌네. 내가 알던 세상의 기술들을 여기에 써먹으면 되겠어."

영웅의 머릿속에는 영웅이 살던 지구의 기술들이 고스란히 들어 있었다.

그렇게 앞으로 해야 할 일을 정해 가고 있을 때, 교실 문이 열리며 누군가가 들어왔다.

"도련님."

옆에서 들려오는 목소리에 영웅이 고개를 돌렸다.

"회장님께서 모셔 오라고 하십니다. 가시죠."

"아버지가요?"

"네."

영웅은 고개를 갸웃거리며 자리에서 일어나 남자를 따라
갔다.

"왔느냐? 앉아라."

"네."

천강 그룹 회장실에 온 영웅은 어색한 공기가 감도는 그곳
에서 얌전히 앉아 앞에 놓인 차를 마셨다.

호록.

기품 있는 모습으로 차를 마시는 아들을 보니 기분이 싱숭
생숭해진 강백현이었다.

'아내 말대로 달라진 것 같은데…… 정말로 기대를 해 봐
도 되나?'

원래는 무슨 부정을 저질렀냐고 다그칠 생각이었다.

그런데 막상 아들을 보니 그런 마음이 사라지고 있었다.

"학교생활은 별일 없느냐?"

침묵을 깨고 나온 첫 질문이었다.

영웅은 그 의미를 대번에 간파하고는 대답했다.

"오롯이 제 능력으로 받은 점수입니다. 걱정하지 않으셔도 됩니다."

영웅의 대답에 강백현은 깜짝 놀랐다.

대번에 자신의 의도를 파악한 아들이었다.

"그, 그러냐. 공부는 잘되고?"

당황한 나머지 말을 더듬으며 물었다.

"네, 걱정하지 마세요. 과거의 제가 아니니까요."

영웅은 환하게 웃으며 말했다.

그 모습을 본 강백현은 가슴속에서 무언가가 씻겨 나가는 기분이 들었다.

'그래, 마지막이다. 이번에 정말 마지막으로 믿어 보자.'

항상 마지막이라 생각하며 아들을 믿었던 그였다.

그리고 이번에도 마지막이었다.

"그래, 그렇다면 다행이구나. 자, 받아라."

강영웅의 앞으로 무언가를 무심하게 던지는 강백현이었다.

영웅이 무엇인가 싶어서 봤더니 카드였다.

"공부할 때 힘들면 맛난 것도 사 먹고 그래라."

생각해 보니 여기 와서 돈을 쓴 적이 없었다.

그럴 일도 없었다.

집, 학교만 왔다 갔다 했는데 돈 쓸 일이 있을 리가 있나.

"감사합니다."

태연하게 카드를 집어 드는 아들을 연신 관찰하는 강백현이었다. 저 카드를 받기 위해 그동안 연기를 한 것이 아닌지 마지막으로 점검하는 것이다.

하지만 일단 믿기로 했으니 의심을 거두고 말했다.

"그럼 가 봐라. 공부 열심히 하고."

무뚝뚝한 말이었음에도 영웅은 웃었다.

살아 있는 아버지의 목소리를 듣는 것만으로도 좋았으니까.

"그럼 가 보겠습니다."

무뚝뚝한 아버지에 그 아들이었다.

슈아아아앙-!

검은 물체가 밤하늘을 가로지르고 있었다.

"하하하, 역시 답답할 때는 하늘을 나는 것이 최고라니까!"

그 물체의 정체는 바로 영웅이었다.

다들 잠든 새벽에 스트레스를 풀기 위해 하늘을 날고 있는 것이다.

이전 세상이었다면 남들 눈치 안 보고 날아다녔겠지만, 이곳은 아니다. 괜히 눈에 띄어서 좋을 게 없었다.

혹시나 누군가에게 발견될 수도 있기에 가면까지 쓴 채였다.

아주 철저했다.

그렇게 한참을 날고 있을 때 재미난 광경이 영웅의 눈에 들어왔다. 아주 높은 하늘에서 그는 초신안을 사용해 그 장면을 바라보았다.

"흠, 특이한 능력을 사용하는 것을 보아하니 각성자들이네. 처음이네, 각성자들이 싸우는 모습은?"

공중에서 누워 그들을 지켜보기 시작했다.

원래 남의 싸움 구경이 제일 재밌는 법이다.

영웅은 누굴 응원할지 고민하며 청력도 강화했다.

"크크크! 용케도 우리를 찾았구나, 한국 각성자 협회 놈들."

"닥쳐라! 너희같이 범죄를 저지르는 각성자들 때문에 모든 각성자들이 욕을 먹는 것이다!"

"하하하하, 미친놈. 일반인들은 우리의 장난감이다. 우리는 선택을 받았고, 그들은 우리를 위해 봉사하며 살아가야 하는 노예야. 너야말로 정신 차려라."

"닥쳐라! 순순히 포박을 받아라."

"그걸 우리가 받을 거 같나? 뭐 해, 정리해. 별거 아닌 놈들이다."

누구를 응원할지 결정이 났다.

시커먼 놈들이 적이었다.

가만히 듣고 있으니 화가 났다. 엄밀히 따지면 자신도 각성자가 아니니까, 저들이 말하는 일반인이었다.

괜히 자기를 욕하는 거 같아 기분이 팍 상한 영웅이었다.

그래도 끼어들기가 뭐해서 좀 더 지켜보기로 했다.

각성자들은 어떻게 싸우는지 궁금하기도 했고.

"초열파탄(焦熱破綻)!"

퍼펑-!

폭죽 터지는 소리와 함께 검은 옷을 입은 무리가 있던 장소가 터져 나갔다.

저들은 무공을 사용하는 각성자들로 보였다.

"크크크, 그것도 지금 기술이라고. 내가 진짜를 보여 주지."

검은 옷을 입은 자가 등 뒤에서 칼을 꺼내 휘둘렀다.

"마왕천패참(魔王天敗斬)!"

큐웅-! 콰콰쾅-!

어찌나 화려하게 싸우는지 무협 영화 한 편을 보는 기분이었다. 팝콘을 가져올 걸 그랬나 보다.

하지만 지금 이 장면은 현실이었다.

조금 전 공격으로 푸른 무복을 입은 자들이 바닥에 쓰러진 채 움직이지 못하고 있었다.

저대로 두었다가는 위험할 것 같아 영웅은 지상으로 내려왔다.

"크크크, 멍청한 놈들. 바쁘니 단칼에 보내 주마. 감사하게 생각하거라."

검은 옷을 입은 무리가 바닥에 쓰러져 있는 자들을 공격하려 할 때였다.

"거기까지. 그만하고 그냥 가라. 그냥 가면 곱게 보내 주겠다."

지상에 내려온 영웅이 나직하게 말했다.

작은 목소리였지만 그곳에 있는 모든 이가 들었다.

오히려 그 작은 목소리가 더 신경을 집중시켜 모든 이의 이목을 끌었다.

"누구냐, 각성자인가?"

"스캔!"

검은 옷을 입은 무리 중 안경을 낀 한 명이 안경의 한 부분을 누르며 외쳤다.

—삐빅! 일반인입니다.

안내 음성을 들은 그들은 어처구니가 없는 표정으로 영웅을 바라보았다.

"뭐야, 일반인이었어? 우리가 일반인으로 보였나?"

"미친놈인가? 오밤중에 가면을 쓴 거 보면 미친놈이 맞나 본데?"

"에이 씨, 긴장했잖아. 야, 치워."

검은 옷을 입은 사람 중 한 명이 기분 나쁜 미소를 지으며 영웅에게 걸어갔다.

"크크큭, 생각지도 못했던 일반인 피 맛을 보겠군. 이리 오거라."

바닥에 누워 있는 각성자들은 무력한 자신들을 원망하는 것밖에 할 수 있는 게 없었다. 지원을 요청했지만, 그들이 오기 전까지 저 일반인은 살아 있지 못할 것이다.

"젠장!"

주먹으로 바닥을 치며 지켜볼 수밖에 없었다.

그런데 일반인의 행동이 이상했다.

보통 각성자라는 사실을 알자마자 벌벌 떨며 잘못했다고 빌거나, 아니면 뒤도 보지 않고 전속력으로 도망치는 게 정상이었다.

하지만 저 남자는 그런 행동이 전혀 없었다.

오히려 자신에게 다가오는 검은 옷의 각성자의 안경을 지그시 바라보고 있었다.

"오, 그거 끼면 각성자인지 아닌지 보이는 거야? 좋은데?"

태연하게 질문까지 하는 그였다.

대부분의 과학력이 타 차원 지구의 2000년대와 비슷한데, 이상하게 각성자에 관련된 기술은 엄청나게 발전되어 있었다.

발달하였다기보다는 신기한 물건들이 많다고 하는 것이

맞을까?

마술용품을 보면 신기하듯이 이 세상에는 그런 물건들이 많았다.

과학과는 전혀 관계가 없어 보이는 초월적인 물건들.

지금 영웅이 관심을 보이는 안경도 그중의 하나였다.

"뭐? 하하. 얘가 사태의 심각성을 모르네?"

"뭘 몰라. 사태의 심각성은 너희가 모르겠지. 두 번째 경고다. 나에게 살기를 뿜었으니 벌은 받아야지. 저 사람들 저기에 고이 두고, 자진해서 팔다리 중 아무데나 한 군데 부러뜨리면 곱게 보내 주지."

지금 이 대사는 검은 옷을 입은 각성자가 말한 대사가 아니었다.

자기네들이 해야 할 대사를 뺏긴 안경 낀 남자가 잠시 말문이 막혔는지 입을 벌리고 동료들을 바라보았다.

"허, 참…… 진짜 미친놈이었네?"

"야, 그냥 베어 버려. 재수 없게 진짜, 퉤!"

안경을 낀 남자가 자신의 검을 그대로 들어 영웅의 머리쪽으로 내려쳤다.

경고나 겁을 주는 행위 같은 것은 없었다.

그냥 벌레 잡듯이 아무런 감정 없이 휘두르고 있었다.

까앙-!

웅- 웅- 웅-.

"크흑! 뭐, 뭐야!"

검이 단단한 암석에 부딪힌 것처럼 크게 튕겨 나가며 심하게 흔들렸다. 그와 동시에 충격을 받아 일그러진 표정으로 영웅을 바라보았다.

맞은 사람은 가만히 있는데 공격한 사람이 충격을 받아 휘청거리는 이상한 상황이 펼쳐진 것이다.

믿을 수 없다는 눈으로 자신을 바라보는 안경 낀 남자와, 검이 튕겨 나가는 소리에 뒤를 돌아보는 검은 옷 무리를 보며 영웅이 웃었다.

"지금 나 죽이려고 한 거지? 결국, 벌주를 선택했다는 거네? 크크크, 좋아, 좋아. 내가 원하던 그림이야. 오래간만에 스트레스 좀 풀어 볼까?"

영웅은 고개를 꺾어 목을 풀며 안경 낀 남자 쪽으로 천천히 걸어갔다.

이들은 알까?

전 세상에서 영웅이 악당들에게 악마라 불렸다는 걸.

죽이진 않았지만, 손 속이 잔인해서 악당들을 자신의 장난감처럼 다뤘다.

전 세상의 악당이었다면 영웅을 보자마자 뒤도 돌아보지 않고 도망가거나, 총으로 자신의 머리를 쏴서 자결했을 것이다.

"뭐, 뭐야! 일반인이 맞는데? 뭐지? 뭐야!"

이해할 수 없는 상황에 혼란이 왔는지 연신 뭐야를 외치고 있었다.

　"뭐긴 뭐야, 너희를 갱생시켜 줄 선생님이지."

　뿌각—!

　"끄아악!"

　뼈가 부러지는 소리가 선명하게 울려 퍼졌다.

　안경을 낀 남자의 다리가 기이하게 꺾여 있었다.

　"일단 다리부터."

　뚜둑—!

　"크허헉!"

　팔이 역으로 돌아갔다. 안경은 이미 벗겨져 영웅의 손에 있었다.

　"신기한 건데 부서지면 안 되지."

　안경을 소중하게 품 안으로 집어넣으며 고통에 몸부림치는 남자를 발로 차 옆으로 치웠다.

　퍼억—! 쿠당탕탕.

　"자아, 다음은 누가 올래? 생각보다 밤은 짧다고."

　즐거운 미소를 지으며 검은 옷을 입은 무리에게 말을 거는 영웅이었다.

　그 모습에 누가 악당인지 착각이 들 정도였다.

　"너희 같은 악당 놈들은 그게 좋아. 눈치를 안 보고 조질 수 있다는 거."

아니다. 이 세상에도 명분이라는 게 있고 법이 있었다.

"고통을 줘도 죄의식을 느끼지 않아도 되고."

그것도 아니다. 저들도 인간이다.

"무엇보다…… 너희 각성자들은 내가 조금 더 힘을 줘서 때려도 죽지 않을 거 같거든."

영웅의 눈빛이 변했다.

가면을 쓴 상태였지만 그들은 느꼈다.

지금 자신들의 앞에 있는 이 남자는 절대로 일반인이 아니라고.

모든 각성자들의 꼭대기에서 그들을 잡아먹는 포식자였다.

"마, 말도 안 돼! 내가 일반인에게 겁을 먹다니! 으드득! 죽어라!"

그중 한 명이 이를 악물고 영웅에게 돌진했다. 영웅을 경험한 적이 없었기에 가능한 일이다.

태어나서 한 번도 본 적이 없는 호랑이를 향해 돌진하는 아프리카 영양의 마음이 이랬을까?

그는 자신이 가진 모든 기운을 끌어모아 본인이 들고 있는 도에 모조리 방출하며 영웅에게 돌진했다.

"마왕천살참(魔王天殺斬)!"

붉은 기운을 가득 머금은 도강이 영웅을 향해 날아갔다.

쩌정-!

쿠콰콰쾅-!

엄청난 폭발과 함께 땅이 울리고 자욱한 먼지가 사방을 뒤덮었다.

"헉헉! 해치웠나?"

"기가 느껴지지 않는다. 해치운…….."

퍼억-!

"커억!"

질문에 대답해 주던 남자의 안면이 일그러지며 뒤편의 벽으로 날아갔다.

콰쾅-!

"이런, 실수! 먼지 때문에 잘 안 보였어."

손바닥으로 먼지를 휘휘 헤치며 걸어 나오는 영웅이었다.

방금 자신의 손에 의해 한 사람의 안면이 작살이 났음에도 그의 얼굴은 해맑았다.

"그러게 왜 먼지를 일으켜서 애꿎은 친구를 병신 만들어!"

뿌드득-!

"끄아아악!"

영웅은 태연하게 말하며 자신에게 도강을 날린 남자의 팔을 꺾어 버렸다.

"응? 그러니까 아까 팔다리 중에 하나 부러뜨리고 가라니까. 말을 안 들어, 왜."

달래듯이 나긋나긋하게 말을 하며 다리를 손으로 잡았다.

공포에 질린 얼굴로 세차게 도리질하는 남자를 무시하고 자신의 손에 살포시 힘을 주는 영웅이었다.

빠각—!

"끄으으으윽!"

이전 세상의 빌런들은 그를 비비맨이라도 불렀다.

브로큰 본(Broken Bone).

보는 족족 뼈부터 작살낸 뒤에 대화해서 붙여진 별명이었다.

법이 필요 없는 놈들에게 인간 세상의 법을 들이대며 이야기해서는 듣지 않는다. 그들보다 압도적인 무력을 먼저 보여야 한다.

인간은 태생부터 악하다.

약육강식의 DNA를 타고났다.

강자에겐 약하고, 약자에겐 강한 동물이 바로 인간이다.

그중에서 가장 효율적으로 적들을 무력화하고 큰 고통을 주는 방법이 바로 이것이었다.

인간의 뼈는 206개다.

얼마나 많은가.

저 많은 뼈 중에서 단 한 개만 부러뜨려도 웬만한 인간들은 무력화된다.

간혹 버티는 놈들이 있는데, 솔직히 20개 이상 버티는 놈들은 못 봤다.

206개를 다 버티면 어떻게 되느냐? 그냥 포기하느냐?

이렇게 물어볼 수도 있다.

하지만 영웅은 가능했다. 사람을 치료하는 게 말이다.

치료하고 다시 처음부터 시작하면 된다.

그러면 백이면 백, 천이면 천, 전부 영웅이 원하는 것을 들어준다. 무엇이든 말이다.

이놈들은 각성자들이라 그런지 나름 버티고 있었다.

영웅을 보는 눈빛에 독기가 가득한 걸 보니 앞으로 더 버틸 듯했다.

'이래서 명성이 없으면 불편하다니까.'

전 지구였다면 영웅을 보자마자 오줌을 지리며 싹싹 빌었을 것이다.

"각성자들이라 그런가 반응들이 싱싱하네."

영웅의 이런 행동에 더 기겁한 것은 바로 이들을 잡으러 온 다른 각성자들이었다.

처음엔 자신들을 구해 줄 구원자인 줄 알았다.

하지만 일반인이라는 소리에 좌절했다.

자신들의 힘이 약함을 원망했다.

그런데 상황이 반전되었다.

일반인이 각성자들을 일방적으로 가지고 놀고 있었다.

또 그 수법이 얼마나 잔인한지, 오히려 영웅이 악당처럼 보였다.

"너, 넌 누구냐! 이, 일반인에게 이런 힘이라니!"

"응, 몰라도 돼. 알려 줄 거였으면 복면을 썼겠니?"

영웅은 미소를 지으며 천천히 걸어 나갔다.

"겨우 팔다리 좀 부러뜨렸다고 우리가 굴복할 것이라고 생각하면 오산이다!"

"혼자 멀쩡한 주제에 잘도 그런 소리를 내뱉는구나? 저기 고통스러워하면서 널브러져 있는 애들한테 미안하지도 않냐?"

영웅이 어이없다는 말투로 말하며 가볍게 손을 흔들었다.

퍼억-!

"커어억!"

영웅은 가볍게 흔들었는데 마지막 검은 옷이 날아갔다.

바닥을 뒹굴면서 고통스러워하는 그에게 다가간 영웅이 그의 다리를 지그시 밟았다.

뿌득-!

"끄아아아악!"

뿌드득-!

"끄억! 제, 제발 그, 그만!"

고통에 몸부림치면서 제발 그만하라고 애원하는 남자에게 영웅이 말했다.

"절대로 굴복 안 한다며? 응?"

"구, 굴복합니다! 구, 굴복했습니다! 그, 그러니 제발!"

"뭐야, 고새 마음이 바뀐 거야? 재미없네."

퍼억—!

가볍게 걷어찼는데 엄청난 속도로 벽까지 날아가 부딪히며 기절했다.

마지막 남은 자까지 무력화시킨 영웅이 중얼거렸다.

"뭐야? 각성자라길래 기대했는데, 약골들이네. 에이, 입맛만 버렸어."

짜증 섞인 목소리로 투덜거리더니 바닥에 누워 있는 한국 각성자 협회 사람들을 향해 고개를 돌렸다.

각성자 협회 사람들은 화들짝 놀라며 침을 꿀꺽 삼켰다.

영웅은 바짝 긴장한 표정으로 자신을 바라보는 사람들을 보며 말했다.

"긴장하지 마시고, 제가 더 안 도와줘도 되죠? 뒤는 알아서 잘 처리하세요. 그리고…… 수련 좀 하시고요. 저런 약골들한테 당하면서 무슨 각성자라고, 에잉."

마지막 말까지 다 한 영웅은 그 자리를 박차고 하늘로 날아올랐다.

영웅의 핀잔에도 한국 각성자 협회 사람들은 아무 말 못하고 멍하니 영웅을 바라볼 뿐이었다.

잠시 후, 한국 각성자 협회에서 온 지원군이 도착했다.

"괜찮아? 우와, 이들을 자네들이 잡은 거야?"

그들의 물음에 주저앉아 있던 협회원들이 고개를 세차게

저으며 말했다.

"아니야……. 엄청난 사람이 와서 도와줬어."

"엄청난 사람? 각성자?"

"아니…… 일반인……."

"하하하, 이 친구 농담도. 그래. 고생했으니 내가 웃어 넘어가 주지. 뭣들 해. 당장 저놈들 모조리 제압해."

자신들의 말을 전혀 믿지 않는 눈치였다.

'하긴…… 나 같아도 믿지 못할 이야기지.'

"진짜야…… 그는…… 더블A급 각성자들과 트리플A급 각성자를 아기 다루듯이 다뤘어. 그리고 재미없다고…… 지겹다고 하고 떠났다."

"무슨 소리를 하는 거야? 정신 나갔어, 왜 이래?"

"그래, 그게 말이 된다고 생각해? 일반인이? 참, 나."

"머리를 다쳤나 보네. 일단 옮기자."

"너희는 모른다. 그의 진짜 강함을……."

덜덜 떨리는 손으로 이마의 땀을 닦으며 말했다.

"세상에…… 진짜 괴물이 나왔어. 대비해야 한다. 빠, 빨리 협회로 가서 이 사실을 알려야 해."

정신이 나간 듯 중얼거리는 모습에 고개를 갸웃거린 그들은 잠시 그를 놔두기로 하고 주변 정리부터 들어갔다.

"알려야 해……. 정말 무서운 괴물이 나왔다고……."

영웅은 아버지가 자신에게 준 카드를 바라보며 고민에 빠져 있었다.

"일반 카드라……."

재벌 집 자식에게 주어진 카드 한 장.

그런데 일반 신용카드였다. 심지어 한도도 작았다.

"그냥 마지못해 주신 거군. 내가 정말로 정신을 차렸는가 테스트도 할 겸."

고개를 흔들며 다시 생각에 집중했다.

"일단은 내가 편히 살려면 돈이 필요한데……."

영웅은 머릿속에서 열심히 사업 아이템을 구상하고 있었다.

하지만 아직 학생 신분인 데다 주변에 자신을 지켜보는 눈들이 너무도 많았기에 함부로 움직일 수가 없었다.

"날 도울 인간들이 필요한데. 어디서 구하지."

주변에 있는 인간들은 전부 아버지나 어머니의 사람들이다.

영웅이 접근하는 순간 저들은 하나도 남김없이 두 분에게 보고할 것이다.

한지우 비서도 믿을 수 없었다.

그 역시 아버지 쪽 사람이었으니까.

"흠. 세뇌를 시킬까?"

마음만 먹는다면 세뇌도 가능하다. 영웅에게 절대복종하게 만들 수 있다.

하지만 그런 건 별로 내키지 않았다.

"아니야. 그래도 명색이 지구를 지켰던 히어로인데, 그런 편법을……. 그건 최후의 수단으로 남겨 두자."

하지 않는다는 말은 안 했다.

다시 한번 말하지만, 영웅은 착한 인간이 아니다. 그는 이득을 위해서라면 뭐든지 하는 인간이었다.

고민하다가 일단은 나가기로 했다. 날도 좋고, 이 세상에 온 뒤로 집, 학교만 왔다 갔다 해서 세상이 궁금하기도 했다.

물론 가끔 밤에 날아다니긴 했지만 그건 사람들 눈을 피해 다닌 거니 예외고.

"어디 가니?"

"집에만 있으니 갑갑해서요. 바람 좀 쐬고 올게요."

"그래? 알았다."

잠시 의심스러운 눈빛을 보이더니 이내 다시 자신이 하던 일에 집중하는 어머니였다.

그동안 사고 쳐 놓은 것들이 어마어마해서 아직도 저렇게 의심하는 경우가 많았다.

'하아, 언제쯤 저 눈빛이 사라지려나.'

어머니의 경계하는 눈빛을 본 영웅은 고개를 흔들며 밖으로 나갔다.

밖으로 나가니 한 비서가 밝은 얼굴로 쪼르르 달려왔다.

"도련님, 어디 나가십니까?"

"네, 시내 구경 좀 하려고요."

"제가 모시겠습니다!"

한 비서의 말에 영웅이 고개를 저었다.

"이번은 혼자 돌아다니고 싶네요."

"안 됩니다! 저는 항상 도련님과 함께해 왔습니다!"

밉지 않은 사람이었다.

사고뭉치를 이렇게까지 챙기다니.

생각해 보니 지금까지 다른 이들이 영웅을 바라보는 눈빛이 경멸이었다면, 한 비서는 한결같이 자애로운 표정으로 바라보았다.

'흠, 완전한 내 사람으로 만들어 봐?'

이 세상에 넘어와서 처음 만난 이가 한 비서였고, 적응 못하는 영웅을 끝까지 챙긴 것도 한 비서였다.

이 정도면 단지 아버지의 명에 충실한 정도를 넘어선 것이다.

게다가 한 비서의 눈에는 귀찮음이 보이지 않았다.

영웅은 결국 고개를 끄덕이며 말했다.

"좋습니다. 가시죠."

"넵, 타시죠!"

한 비서가 달려가 차 문을 열어 주었다.

그러자 영웅이 고개를 저었다.

"아니요. 걸어서 가죠. 바람도 쐴 겸 세상 구경도 할 겸."

"네?"

"제가 기억을 전부 잃었잖아요. 그러니 걸어 다니며 주변 지리도 익히고 하려고 그래요."

"아, 알겠습니다."

한 비서가 바로 수긍했다.

그렇게 둘은 천천히 풍경을 구경하며 걸었다.

하지만 그 걸음은 오래가지 못했다.

끼이이익-!

봉고차 한 대가 영웅의 옆으로 오더니 급브레이크를 밟으며 멈췄다. 그리고 문이 열리며 우락부락한 사내들이 우르르 나왔다.

한 비서가 당황하면서도 영웅을 지키기 위해 앞으로 나섰다.

그때 앞문이 열리면서 점잖게 생긴 사람이 내렸다.

"우리 도련님, 이제야 뵙네요? 정말 만나 뵙기가 힘들군요."

"누구?"

"하하하, 유머가 느셨습니다. 하지만 재미는 없군요."

영웅이 고개를 갸웃거리자 한 비서가 말했다.

“도, 도련님은 지금 기억을 잃었습니다. 김 사장님, 이, 이러지 마시고 일단 대화로 합시다.”

한 비서의 말에 김 사장이라 불린 사람의 표정이 굳었다.

“하하하, 그건 좀 신선하네. 요리조리 잘도 피해 다니더니 기껏 생각한 것이 그거입니까? 오늘은 그냥 못 보내 드립니다.”

“저, 정말이라니까요. 저희 도련님 집으로 들어가셨습니다. 그것만 봐도 아시지 않습니까.”

한 비서의 말에 김 사장이 자신의 턱수염을 쓰다듬으며 무언가를 생각했다.

“정말입니까?”

생각해 보니 집에서 내놓은 자식이었는데, 어느 날 갑자기 집으로 들어갔다고 해서 놀랐다.

“그래도 빚은 갚아야지요. 벌써 몇 달째 도망을 다니시는 겁니까.”

“빚? 무슨 빚?”

영웅이 묻자 한 비서가 입을 열었다.

“도, 도련님께서 집에서 쫓겨나고 갈 곳이 없으신 나머지 빚을 좀 지셨습니다. 은행권에서는 회장님의 엄포 때문에 어디서도 돈을 빌려주지 않아서 저들에게 돈을 빌리셨습니다.”

“얼마나?”

“그, 그게…….”

한 비서가 머뭇거리자 김 사장이 말했다.

"1백억."

"무슨 소립니까! 도련님께서 빌리신 금액은 10억이지 않습니까!"

"한 비서야말로 무슨 소리요? 하하, 기억을 잃었다고 이렇게 배 째라고 나오면 안 됩니다."

"당신들이야말로 지금 이게 무슨 짓이오! 어찌 10억이 1백억으로 변한답니까!"

김 사장이 비릿한 웃음을 지으며 영웅에게 물었다.

"우리 도련님, 저희에게 받은 차용증은 잘 보관하고 계시려나?"

그 말에 한 비서가 떨리는 동공으로 영웅을 바라보았다.

생각지도 않았던 문제였다.

영웅은 당연히 알 리가 없었다.

그 자식이 차용증을 어디에 뒀는지 어찌 안단 말인가.

고개를 저었다.

"크하하하하, 우리 사무실에 있는 차용증에 1백억이 정확하게 기재가 되어 있으니 애들 시켜서 가져오라고 하지요. 얘들아, 가서 1백억짜리 차용증 가져와라."

"예, 형님!"

영웅이 보아하니 저들이 기억을 잃은 것을 핑계로 금액을 올린 것 같았다.

영웅의 눈빛이 변했다.

만약 영웅을 아는 이들이 지금의 눈빛을 보았다면 바지에 오줌을 지리며 뒤도 안 돌아보고 도망쳤을 것이다.

하지만 그것을 알 리 없는 김 사장은 여유 있는 표정으로 웃으며 말하고 있었다.

"차용증을 가져올 동안 일단 우리 도련님 한적한 곳에 가셔서 차나 한잔하시죠."

"어딜 갑니까! 못 갑니다!"

"어허, 한 비서님! 자꾸 이러시면 저희도 험악해질 수밖에 없습니다. VVIP라서 이렇게 대우해 드리고 있다는 것을 명심해 주셨으면 좋겠습니다."

영웅이 고개를 끄덕이며 말했다.

"한적한 곳이라…… 좋지. 어디 인적 없는 곳으로 가지. 사람이라곤 코빼기도 보이지 않는 곳이면 더 좋고."

영웅의 말에 김 사장이 잠시 멍한 표정을 짓더니 크게 웃었다.

"크하하하하! 우리 도련님 기억을 잃더니 아주 담대해지셨습니다. 전에는 저만 보면 벌벌 떠시더니, 하하하. 정말로 기억을 잃으신 게 맞군요. 좋습니다, 타시죠. 저희가 모시겠습니다."

김 사장의 말에 영웅이 고개를 끄덕이며 차에 올라탔다.

"도, 도련님, 안 됩니다! 내리십시오, 도련님!"

"한 비서는 집으로 들어가. 내가 알아서 할게."

영웅의 말에 한 비서가 고개를 세차게 저으며 자신도 차에 올라탔다.

"도, 도련님 곁은 제가 지킬 겁니다! 저, 저도 같이 갑니다!"

바들바들 떠는 다리로 올라타는 한 비서였다.

그 모습에 영웅은 살짝 미소를 지었다.

그는 한 비서를 자신의 사람으로 만들기로 마음먹었다.

차에서 내리니 끝도 없이 펼쳐진 갈대숲이 눈에 들어왔다.

"하하, 맘에 드십니까? 이곳이 간척지다 보니 오는 사람들이 없습니다. 저희가 아주 좋아하는 장소지요."

김 사장이 담배를 입에 물고 불을 붙이며 말했다.

"자, 아직 차용증은 안 왔고. 우리 도련님, 이자 이야기부터 할까요?"

"이자?"

"하하! 네, 이자. 원금이야 그렇다 쳐도 이자라도 갚으셔야죠."

"얼만데?"

"40억쯤 되는군요. 보아하니 집에도 들어가셨으니 이 정도는 충분히 갚을 여력이 되실 것 같은데."

음흉한 눈으로 영웅을 바라보며 말하는 김 사장이었다.

"무, 무슨 이자가 그렇게 높단 말이오! 그리고 도련님이 빌리신 돈은 10억이라고 말을 했…….."

퍼억—!

"커억!"

털썩—!

한 비서의 말에 김 사장이 주먹을 휘둘렀다. 그의 주먹에 맞은 한 비서는 그 자리에서 기절하고 말았다.

"아! 거, 새끼 옆에서 더럽게 쫑알거리네. 시끄럽게."

김 사장은 자신의 주먹에 묻은 피를 털어 내며 투덜거렸다.

"하하, 죄송합니다. 종놈 새끼가 어른들 이야기하는데 자꾸만 끼어들어서 말입니다. 도련님을 대신해서 제가 손을 봤습니다, 괜찮죠?"

영웅은 바닥에 쓰러진 채 꿈틀거리는 자신의 비서를 잠시 바라보다가 김 사장을 향해 고개를 돌리며 물었다.

"각성자인가? 움직임이…….."

"하하하, 움직임만 봐도 아십니까? 이거 기억을 잃으시더니 아주 총명해지셨습니다. 네, 맞습니다. 저는 A급 헌터입니다."

"헌터면 돈도 많이 벌 텐데? 왜 이런 일을?"

"하하! 그건 트리플A급 이상에게나 해당되는 말이고, 우리 같은 A급은 돈벌이가 시원찮습니다. 자 자, 이제 이런 쓸데없는 이야기는 그만하고."

"못 갚겠다면?"

영웅의 말에 김 사장의 표정이 일순간에 험악해졌다.

표정만으로도 사람을 죽일 것 같았다.

"도련님, 도련님 해 주니까 눈에 보이는 게 없나? 기억을 잃었다고 겁대가리까지 잃으면 곤란한데? 아버지를 믿고 이러시는 거면 곤란합니다."

"아버지? 왜, 아버지한테 가서 이를까 봐?"

"하하하, 일러도 상관없습니다. 제 뒤에도 든든한 배경이 있어서요. 회장님도 어쩌지 못하실 겁니다. 제 뒤에 계신 그분은 도련님네 집안이 어쩌지 못하는 분이시거든요."

"아버지한테 이를 마음도 없고, 갚을 마음도 없다. 맘대로 해 봐."

영웅이 웃으며 말하자 김 사장이 영웅의 뺨을 후려쳤다.

짜악-!

물론 고통은 없었다.

산들바람이 뺨을 스쳐 지나간 기분이었다.

그렇다고 기분이 좋다는 뜻은 아니었다.

영웅이 웃으며 말했다.

"날 건드린 대가는 비싸다. 방금 내 뺨을 때린 값으로 1천억. 원금 이자 빼고 나머지 860억은 어찌할 거지?"

영웅이 웃으며 말하자 어이가 없는 표정으로 영웅을 바라
보는 김 사장이었다. 그러다가 표정이 점점 구겨지면서 험한
말이 나오기 시작했다.

"이게 진짜 겁대가리를 상실했구나! 봐주는 것도 여기까지
다, 밟아!"

"네!"

김 사장의 명령에 주변에 있던 덩치들이 일제히 영웅을 향
해 달려들었다.

빠각―!

"끄아아아악!"

"뭐, 뭐야!"

무언가 박살이 나는 소리에 담배에 불을 붙이던 김 사장이
담배를 떨어뜨리며 고개를 들었다.

그러자 그의 눈에 자신의 다리를 붙잡고 고통스러워하는
부하의 모습이 들어왔다.

빠가각―!

영웅이 웃는 얼굴로 부하들의 뼈를 조각내고 있었다. 그
모습이 김 사장의 눈에 천천히 재생되었다.

"죽이진 않을게. 내 돈 갚기 전까지는 말이야."

"끄아아악!"

김 사장의 수하들은 B급 헌터였다.

비록 각성자 취급 못 받고, 기껏해야 짐꾼 취급이나 받는 저질 등급이었지만 그것은 어디까지 각성자들 사이에서의 이야기였다.

일반인들에겐 B급도 공포의 대상이었다.

그런데 일반인인 영웅에게 일방적으로 당하고 있었다.

"마, 말도 안 돼. 이, 이게 무슨?"

잠시 멍하니 그 장면을 바라보던 김 사장은 정신을 차리고 영웅에게 달려들었다. 이대로 두다간 자신의 부하들이 전부 병신이 될 판이었다.

"멈춰, 풍천각(風天脚)!"

김 사장의 발이 화려한 곡선을 그리며 영웅의 얼굴로 날아갔다.

빠악-!

정확하게 명중된 공격에 그는 회심의 미소를 지었다.

하지만 그 미소는 오래가지 못했다.

"두 번이나 내 얼굴을 건드리다니. 네가 최초다."

"무슨?"

김 사장의 동공이 세차게 흔들렸다.

자신의 풍천각은 바위를 가루로 만드는 위력이다. 그것을 일반인이 맞았는데 충격이 전혀 없다는 표정으로 바라보고 있다니.

영웅은 자신의 얼굴을 후려 찬 김 사장의 다리를 붙잡았다.

까드득-!

"끄아아아아악!"

김 사장의 입에서 고통의 비명이 흘러나왔다.

"이제 시작인데 벌써 그렇게 고통스러워하면 안 되지."

뿌각-!

얼굴로 날아온 다리를 잡은 채 곧바로 축이 되는 반대쪽 다리를 꺾어 버렸다.

"끄으으으윽!"

온몸의 혈관이 튀어나올 정도로 고통스러워하며 바닥을 구르는 김 사장.

영웅의 공격은 다른 이들과 달랐다.

그의 공격에는 특이한 기운이 포함되어 있었다.

그리고 그 기운은 당하는 이로 하여금 고통을 극한까지 느끼게 하였다.

예를 들면.

퍼억-!

"커허헉!"

단순한 타격에도 맞는 사람은 극한의 고통을 느꼈다.

"일단 도망 못 가게 두 다리를 분질러 놨으니, 이제 본격적으로 대화를 시작할까?"

영웅의 미소가 마치 악마가 웃는 것처럼 보였다.

"자, 잠깐……!"

김 사장이 고통스러운 표정으로 손을 들어 말리려 했다. 하지만 통하지 않았다.

　"아이, 참. 아직은 아니야. 나 두 대나 맞았다니까? 처음 한 대야 1천억으로 퉁친다고 해도, 두 번째 건 나도 갚아 줘야지."

　"안 돼……."

　"돼!"

　미소를 지으며 허벅지와 정강이를 자근자근 밟기 시작하는 영웅이었다.

　빠각-! 뿌드득-!

　"끄아아악! 제, 제발 그, 그만!"

　다리 쪽에서 오는 극한의 고통에 고개를 위아래로 마구 흔들며 괴로워하는 김 사장.

　하지만 영웅은 개의치 않고 하던 일을 계속 이어 했다.

　15개 정도 뼈가 부러지자 김 사장은 기절했다.

　"A급 정도는 15개까지 버티는군."

　김 사장을 통해 테스트를 한 영웅.

　"타격은 뭐 형편없고. A급 놈들의 타격은 무시해도 되겠군. 전에 만났던 놈들은 더 강했던 것 같은데……."

　영웅은 기절한 김 사장을 옆으로 밀쳐 두고, 부러진 팔다리를 붙잡은 채 모든 장면을 지켜보던 남은 무리에게 고개를 돌렸다.

그들은 자신들의 팔과 다리에서 오는 고통조차 잊은 채 공포에 질린 얼굴로 영웅을 바라보았다.

영웅이 웃으며 그들에게 걸어갔다.

"대장이 저리 누워 있는데 수하라는 것들이 정신이 멀쩡하면 안 되지. 안 그래?"

영웅의 말에 다들 고개를 세차게 저으며 말했다.

"아, 아닙니다! 저 새끼 저거 저희 대장 아닙니다!"

"마, 맞습니다! 모, 모르는 사람입니다!"

다들 최선을 다해 김 사장을 욕하기 시작했다.

"하하하, 배신자 새끼들은 더 나쁘다."

영웅은 그곳에 있는 모든 이들을 박살 내 버렸다.

다들 오징어처럼 흐물흐물해진 채로 기절했다.

영웅은 김 사장이 있는 곳으로 가서 그의 몸에 손을 대었다.

"리스토어."

그러자 영웅의 손에서 환한 빛이 나오며, 뼈가 부러진 김 사장의 몸을 순식간에 원상 복구시켜 버렸다.

그와 동시에 김 사장은 눈을 번쩍 떴다.

"헉!"

"이제 정신이 좀 들어?"

그는 영웅의 말에 소스라치게 놀라며 부들부들 떨었다.

"누가 보면 내가 엄청나게 때린 줄 알겠다."

가증스러웠다.

그게 엄청나게 때린 거 아니면 도대체 뭐란 말인가.

"치료도 해 줬는데, 그런 눈빛은 좀 기분 나쁜데?"

영웅의 말에 그제야 자신의 몸을 확인해 보는 김 사장이었다.

"서, 설마! 가, 각성자였습니까?"

김 사장은 확신했다.

이 정도 강함에 치유 능력까지 있다면 못해도 S급 이상이었다.

트리플A급의 무력은 자신이 잘 알고 있었다. 그들은 결코 자신을 이렇게 압도적으로 제압하지 못한다.

자신의 공격에 전혀 타격을 입지 않으면서 이런 강함을 가진 자들은 하늘이 내린 재능이라 불리는 S급 이상 각성자들뿐이었다.

하지만 영웅의 입에서 나온 말은 김 사장을 더욱 놀라게 했다.

"아닌데? 나 일반인이야."

"네? 마, 말도 안 됩니다! 이, 일반인이 어찌 이런 강함을!"

"정말이야. 내 눈에는 상태창인지 뭔지도 안 보이고, 레벨도 안 올라. 인벤토린지 뭔지도 없고."

영웅의 말에 김 사장의 동공이 세차게 흔들렸다.

지금까지 자신이 알고 있던 생태계가 흔들리는 기분이었다.

"어떻게 할 거야?"

"무, 무엇을 말입니까?"

"내 860억."

김 사장의 말문이 막혔다.

돈 받으러 왔다가 돈을 뜯길 판이었다.

"저희는 그, 그런 큰돈이 없습니다. 부, 부디 서, 선처를……."

김 사장의 말에 영웅이 웃으며 말했다.

"누가 한 번에 다 갚으래? 천천히 갚아도 돼. 정 안 되면 몸으로 때워도 되고."

영웅이 자신의 몸을 위아래로 훑어보며 말하자, 김 사장은 재빨리 자신의 몸을 감싸며 두려운 눈빛을 보였다.

빠악-!

"크으윽!"

뒤통수를 세게 맞은 김 사장이 자신의 머리를 마구 비볐다.

"뭐야, 그 기분 나쁜 눈빛은?"

"제, 제 몸을 원하신다고……."

"미친, 확 그냥! 그냥 날 위해 일 좀 해라. 그럼 탕감해 줄게. 어디 보자. 그래, 한 60년만 일해라. 그럼 없던 걸로 해 주지."

능글거리는 웃음으로 자신을 바라보며 딜을 거는 영웅에게 김 사장은 고개를 끄덕였다.

일단은 사는 게 먼저였다.

이 위기를 먼저 빠져나간 뒤에 생각해도 늦지 않았다.

"그럼 계약 성사된 거다. 자, 머리 대."

"네? 머, 머리를 왜?"

"내가 널 뭘 믿고 그냥 보내? 장난하냐?"

"저, 저희는 저, 절대 배신하지 않을 겁니다."

"하하하, 미친놈. 방금 농담은 살짝 재밌었어."

김 사장의 말을 가뿐히 무시하며 머리를 강제로 끌어당기는 영웅이었다.

그러자 곧 간질간질한 기분이 들었다.

"됐다. 이제 나를 배신하겠다는 생각을 해 봐."

"네?"

"해 봐. 처맞기 전에 빨리."

"네! 끄아아아아악!"

영웅의 말대로 배신에 대해 생각하자마자 머리가 깨질 것 같이 아팠다.

"헉헉! 이, 이게 뭡니까?"

"뭐긴, 너희 머릿속에 심어 둔 제약이지. 딱 세 번이다. 세 번 이상 배신에 대해 생각하면 '팡!' 하고 터지니까 조심해."

"네? 저, 저 바, 방금 한 번 생각했는데요?"

"그럼 두 번 남았네."

"그, 그런 게 어디 있습니까? 제가 방금 생각한 것은 시켜서 한 건데요! 어, 억울합니다!"

"어차피 생각할 거였잖아, 안 그래? 자 자, 괜찮아! 괜찮아! 앞으로 생각 안 하면 되지."

악마였다.

세상에 이런 악당이 다 있단 말인가.

영웅에 비하면 자신들이 하는 사업은 자선사업이었다.

'영웅은 개뿔! 데빌로 개명해라, 악마 새끼야!'

다행히 욕을 하는 것은 배신에 해당하지 않나 보다.

"내 욕을 하는 것까진 봐준다."

"컥! 아, 아닙니다! 요, 욕 안 했습니다!"

귀신이었다.

아니, 머릿속도 읽나?

김 사장은 부들부들 떨면서 애처로운 눈으로 영웅을 바라보았다.

"네 표정에 다 나온다. 아, 그리고 내 정체에 대해선 절대 함구. 알았지? 혹시라도 내 정체가 세상에 알려지면……."

찌릿찌릿-!

순식간에 공기가 바뀌었다. 영웅의 몸에서 나오는 기세가 김 사장의 피부를 찌릿찌릿하게 만들었다.

온통 검은자로 바뀐 영웅이 김 사장을 바라보았다.

김 사장은 그 모습에 공포에 빠진 채 덜덜 떨었다.

"너희부터 잡아 족칠 거야, 알았지?"

정신없이 고개를 끄덕이는 김 사장이었다.

'우, 우리가 악마와 계약했구나. 악마가 세상에 강림했어.'

김 사장은 영웅이 정말 세상에 강림한 악마라 믿었다.

그렇게 생각해야 위로가 되었으니까.

한바탕 소동이 지나가고 한 달이 지났다.

영웅은 또 다른 것을 알게 되었다.

이 세상에 온 뒤로 돈을 쓸 일이 없었기에 크게 신경을 쓰지 않고 있었는데, 자신이 있던 전 세상의 돈과 이 세상의 돈이 같았다.

평행 차원이긴 해도 완전히 똑같진 않았기에 신경을 안 쓰고 있었는데, 막상 보니 완전히 일치했다.

영웅은 4차원 공간을 만들 수 있었고, 그곳에 영웅이 이전 세상에서 가졌던 돈이 전부 들어가 있었다.

영웅은 전 세상에서 세계 최고의 부자였다.

그런데 쓸모없어졌다고 생각했던 그 돈을 이 세상에서도 쓸 수 있게 된 것이다.

세상에서 가장 재산이 많은 사람이 된 영웅은 이제 걱정이 없었다.

　전 세상처럼 느긋하게 살아가면 될 것 같았다.

　하지만 이 돈을 마음껏 사용하기 위해선 명분이 필요했다.

　그 명분은 바로 세상에 보이는 모습이었다.

　막내아들이 천강 그룹 전체 예산보다 재산이 많다고 하면 누가 믿겠는가.

　그러니 그것을 정당화할 모습이 필요했다.

　자금은 넉넉하니 방법은 넘쳐 났다.

　돈이 있다면 안 되는 것이 없는 게 세상이니까.

　"일단 어머니 생일 선물부터 준비해야겠군."

　카드를 바라보았다.

　자신이 가진 카드의 한도는 250만 원.

　"일단은 이것으로 사야겠지?"

　영웅은 한숨을 쉬며 밖으로 나갔다.

　"아, 귀찮네. 주문하고 집에서 바로바로 받을 때가 있었……."

　멈칫.

　"그래. 그거야! 내가 왜 그 생각을 못 했지? 굿밤! 굿밤이 아직 세상에 나오기 전이구나, 하하하하!"

　굿밤은 한국의 오픈 마켓을 일통한 유통 업계의 괴물이었다.

그다음 날 새벽에 바로 배송을 해 주는 시스템, 당일 배송 시스템 등등 굿밤이 나왔을 때 물류 업계에 거대한 지각변동이 일어났었다.

주문하고 편한 밤을 보내시라는 뜻에서 시작한 굿밤은 순식간에 오픈 마켓 시장을 장악해 나갔다.

"그러기 위해선 물류 쪽을 내가 받아야 하는데…… 가능할까?"

현재 이미지로는 불가능이었다. 계열사를 받기는커녕 건물이나 하나 받을 수 있을지 미지수였다.

그나마 다행인 것이 천강물류는 현재 자금난에 허덕이고 있고, 머지않아 다른 기업에 매각될 수도 있다는 점.

자신이 가진 재물로 그것을 구입하는 것도 방법이라면 방법.

"물류 쪽에 대해선 아는 바가 없으니, 일단 그쪽에서 일을 해 봐야 하나?"

영웅은 백화점을 향하는 와중에도 끊임없이 생각했다.

"도련님, 무엇을 그렇게 생각하십니까?"

"응, 별거 아냐. 미래에 관한 생각?"

영웅은 얼마 전부터 한 비서에게 말을 놓기 시작했다. 불편하다고 제발 예전처럼 해 달라는 간곡한 부탁에 그러기로 한 것이다.

"혹, 도련님께서 미래를 꿈꾸시는 날이 오다니……. 저는 정말 감격스럽습니다."

감정이 풍부한 사람이었다.

영웅은 운전하면서 감격하는 한 비서에게 물었다.

"한 비서는 나랑 평생 같이 갈 거지?"

"그럼요, 도련님이 버리시지만 않는다면 제가 끝까지 보
필할 겁니다!"

한 비서의 말에 영웅은 미소 지으며 말했다.

"그럼 앞으로 잘 부탁해."

"여부가 있겠습니까, 도련님!"

둘은 서로의 마음을 확인하며 백화점에 도착했다.

백화점에 도착한 둘은 천천히 안을 둘러보았다.

하지만 여자 선물을 사 본 적이 없는 영웅으로서는 난감할
뿐이었다.

"뭘 사 드려야 좋아하실까? 웬만한 명품은 눈에도 안 들어
오실 거고."

"제가 생각했을 때는…… 한 번도 선물하신 적 없으시니,
도련님이 사 오시는 게 무엇이든 그 자체로 감동하실 것 같
은데요."

눈을 끔벅거리며 그를 바라보자 한 비서가 사과했다.

"죄, 죄송합니다. 저는 그런 뜻으로 한 말이 아니고……."

"그거야! 하하하, 고마워."

영웅은 처음으로 원래 이곳에 있던 영웅을 칭찬했다.

워낙에 개차반으로 행동했기에 평범하게만 행동해도 칭찬을 받고 있었다.

선물 또한 마찬가지였다.

단 한 번도 무언가를 선물해 본 적이 없다는 한 비서의 말에 영웅의 마음은 한결 가벼워졌다.

영웅은 미소를 머금고 백화점을 둘러보았다.

그러다가 시계 매장에서 어머니 손에 어울릴 것 같은 시계를 발견했다.

"이건 얼마죠?"

영웅이 가리킨 시계를 보던 점원이 밝은 미소를 지으며 말했다.

"네, 고객님. 이 시계는 2백만 원입니다."

딱 좋은 가격이었다.

"이걸로 주세요."

망설임 따위는 없었다.

포장된 시계를 소중하게 끌어안고 집으로 향했다.

저녁이 되자 또 다른 가족들을 대면할 수 있었다.

그들은 영웅을 보자마자 날을 세우며 목소리를 높였다.

"아니, 엄마! 이놈이 왜 집에 있는 거죠?"

"걔 들어온 지 몇 달 됐다. 얼마나 집에를 안 왔으면 그걸 지금 말하니?"

"몇 달요? 그, 그럼 아버지도 허락하셨단 말이에요?"

"허락하셨으니까 들어왔지. 아버지 허락도 없이 걔가 뭔 수로 집에 있겠어?"

둘째 형이라는 인간이었다.

저쪽 세상에선 우리 형제들이 정말로 친하게 지냈는데, 이곳 세상에선 나를 원수 보듯이 바라보고 있었다.

그것이 마음이 아팠다.

그냥 다시 이렇게나마 목소리를 듣고 얼굴을 볼 수 있다는 사실에 만족할 뿐이었다.

영웅을 매우 못마땅한 표정으로 바라보는 둘째.

그의 이름은 강영재.

현재 28살의 나이로, 천강물산의 이사로 재직 중이었다.

"왜 다들 문 앞에서 이러고 있어? 안 들어가고?"

"어? 형, 왔어? 글쎄 막내가 집에 들어왔다고 해서."

둘째의 말에 첫째가 영웅을 바라보았다.

첫째 역시 둘째와 반응이 다르지 않았다. 그나마 둘째와 달리 침착하게 말을 건넸다.

"어머니, 어찌 된 겁니까?"

"자세한 이야기는 다 모이면 하자. 셋째도 똑같은 말을 물어볼 게 뻔하니."

어머니의 말에 다들 고개를 끄덕이며 영웅을 노려보았다.

'하아, 다들 나를 동생이 아니라 원수 보듯이 하는군.'

첫째의 이름은 강영민, 32살의 어린 나이에 천강전자 부사장으로 있었다. 현재 천강 그룹을 이어받을 확률이 가장 높은 사람이었다.

그리고 천강백화점을 맡은 셋째 강영혜까지 모두 모였다.

다들 모인 자리에서 어머니가 영웅에 대한 이야기를 했다.

"하하, 그걸 믿으라고요?"

"사실인 것 같다. 우리를 보고도 저렇게 태연하게 있는 걸 보니, 정말로 기억이 없는 것 같구나."

영웅이 고개를 갸웃거렸다.

'저게 무슨 말이야?'

"어라? 그러네. 지만 각성자가 아니라고 울고불고 난리 치고, 툭하면 우리에게 덤비고 지랄 염병을 떨더니만. 차라리 이게 더 낫네."

"영재야!"

"왜요! 솔직히 우리 집안 사람들 전부 각성자인데 저놈만 일반인이잖아요. 어디 쪽팔려서 말도 못 한다고요."

"그래도 진짜! 그만 안 해?"

어머니의 언성이 올라가자 그제야 두 손을 들며 그만하겠다는 제스처를 취하는 둘째였다.

그랬다.

이 집 식구들은 전부 각성자였다.

아버지는 S급 각성자였다. 그 능력으로 상위급 웜홀에 들어가 최상급의 가드륨을 대량으로 가져왔고, 그것을 기반으로 지금의 기업을 일군 것이다.

첫째 형이라는 사람도 S급, 둘째 역시 S급이었다. 셋째는 트리플A급.

심지어 어머니도 트리플A급 각성자였다.

유일하게 집안에서 영웅만 각성을 못 했다.

영웅은 각성하기 위해 모든 노력을 다했다.

하지만 그 소원은 이루어지지 않았다.

그 후로 영웅은 삐뚤어지기 시작했다.

자신만 혼자 일반인이라는 사실이 너무도 견디기 힘들었다.

그러다가 각성자 애들과 마찰이 있었고, 그때 크게 당했다.

그 사건으로 정신병을 얻은 영웅은 더더욱 온갖 패악질을 일삼으며 살아갔다.

마치 자기 자신을 포기한 사람처럼.

처음에는 아버지와 어머니가 영웅을 달래도 보고, 혼내기도 하고 정신과 상담도 시켜 가며 정신병을 고치려 노력했지만.

그 모든 것이 다 허사가 되었고, 결국 포기하기에 이르렀
다.

자식의 정신병이 너무도 심각했기에 손을 놓은 것이다.

그런 그를 옆에서 끝까지 보필한 자가 바로 한 비서였다.

3장

끝까지 의리를 지킨 한 비서.

그래서 식구들은 영웅은 싫어해도 한 비서만큼은 알뜰하게 챙겼다.

자신들이 영웅을 신경 쓰지 않고 편하게 지낼 수 있었던 이유가 전부 한 비서 때문임을 잘 알기 때문이다.

"넌 진짜 한 비서한테 고맙다고 큰절해야 해. 안 그랬음 벌써 어딘가에서 비명횡사했을 테니까."

"영혜 너까지 왜 그래! 엄마 정말로 화내는 꼴 보고 싶어?"

어머니는 혹시라도 영웅이 형들과 누나의 말을 듣고 과거 기억을 되찾을까 봐 전전긍긍했다.

"그만! 가족들이 다 모여서 뭐 하자는 것이냐."

결국 강백현까지 나섰고, 그제야 소란이 수습되었다.

강백현이 모두가 있는 곳에서 말했다.

"영웅이 과거에 관한 이야기는 이 시간부터 금지다. 알겠느냐?"

"네……."

"알겠습니다."

"네…… 아버지."

다들 고개를 숙이며 입을 다물자 아버지가 웬일로 영웅의 칭찬을 했다.

"그래도 요즘은 정신을 차리고 공부도 열심히 해서 전교 1등도 하고 그런다."

"네? 뭘 했다고요?"

"뭘 해요? 영웅이가 뭘 했다고요?"

"오빠, 영웅이가 전교 1등을 했대."

땡그랑-!

누군가의 숟가락이 바닥으로 떨어졌다.

벌떡-!

호응이 가장 좋은 둘째가 믿기지 않는다는 표정으로 일어나 물었다.

"진짜요? 정말입니까?"

"그래, 그것도 만점으로 전교 1등. 아니지, 전국 1등이겠군."

"만점이요? 저 자식이요?"

"이번엔 뭔 장난질을 한 거야? 바른대로 말해!"

다시 식탁이 소란스러워졌다.

탕탕탕—!

"이놈들이 진짜! 동생이 정신을 차리고 공부를 열심히 하면 칭찬을 해 줘야지, 이게 뭐 하는 짓이야!"

"아버지, 말이 안 되니까 하는 소리잖아요! 얼마 전까지만 해도 인간 망종 중에 인간 망종이었습니다! 그런데 갑자기 기억을 잃으면서 사람이 변했다고요? 지금 그걸 믿으라고요?"

"둘째 말이 맞습니다. 저 역시 수상하다고 생각합니다."

"오라버니들 의견에 저도 동의해요."

강백현은 이마를 짚었다. 아무래도 자신이 너무 빨리 말을 꺼낸 것 같았다.

천천히 시간을 두고 저 녀석들이 적응하도록 해야 했는데.

그러나 이미 엎질러진 물이다.

"나는 믿는다. 내가 믿는데 네놈들이 어쩔 것이냐!"

강하게 나가기로 맘먹었다.

"아버지……."

다들 경악한 얼굴로 강백현을 바라보았고 영웅은 다른 표정으로 그를 바라보았다.

'아, 아버지?'

감격했다.

이곳에 온 이후로 계속 내놓은 자식 취급을 받으면서 이렇게까지 이 집에서 살아야 하나 싶은 마음이 들었었다.

그래서 빨리 독립하려고 생각했는데.

영웅의 입가에 미소가 어렸다.

나가는 것은 당분간 보류다.

'부모님에게 인정을 받는다는 것이 이런 기분이었군, 후후.'

처음 느껴 보는 뿌듯함이 영웅의 온몸을 휘감았다.

"앞으로도 더 열심히 해서 실망시키는 일 없도록 하겠습니다. 그리고…… 믿어 주셔서 감사합니다, 아버지."

영웅이 고개를 숙이며 말했다.

그 모습이 얼마나 신기했는지 다들 눈을 동그랗게 뜬 채로 영웅을 바라보았다.

"허허, 녀석. 애비 쑥스럽게 그런 소리를 다 하는구나. 자, 그만하고 밥 마저 먹자. 다 식었다, 이놈들아."

⌒⌒⌒⌒

"그게 그렇게 좋소?"

"그럼요, 영웅이가 처음으로 저에게 준 선물인걸요."

"그러고 보면 저 녀석이 기억을 잃은 게 어찌 보면 신이

평행세계
먼처킨

우리에게 주신 축복이 아닐지."

"부모로서 이런 생각을 하면 안 되지만…… 저도 그렇게 생각해요."

영웅의 어머니, 권혜영 여사는 영웅이 준 시계를 연신 들여다보며 생글거리며 웃었다.

"내일부터 이것만 차고 다니려고요, 호호호."

"나 원 참, 당신도."

"요즘 제가 얼마나 행복한지 아세요? 영웅이가 저렇게 사람답게 행동하는 것만으로도 저는 너무 기뻐요. 그런데 공부까지 잘하다니."

"하하하, 그럼 누구 아들인데! 하하하!"

강백현이 호탕한 웃음을 지으며 말했다.

"항상 일반인이라는 것에 콤플렉스가 있었는데 그 기억마저도 잃은 것 같소. 이대로만 가 준다면 회사 일을 맡겨도 될 정도요, 허허. 그래도 전교 1등, 아니 전국 1등을 할 줄은 몰랐는데, 허허허."

기분이 좋은지 연신 웃는 강백현이었다.

권혜영도 행복해하는 남편을 보며 따라 웃었다.

한편, 밖에서는 이 모든 것을 아주 또렷하게 듣고 있는 사람이 있었다.

'하하, 기분 좋은데? 이것도 나쁘진 않네. 그럼 조금 더 기쁘게 해 드릴까?'

시끄러운 하루가 지나가고 영웅은 침대에 누워 작은 행복을 만끽하고 있었다. 특히 자신이 선물한 시계에 어머니가 기뻐하신 게 만족스러웠다.

기쁨을 만끽하는 것도 잠시, 영웅은 앞으로의 일을 정리하기 시작했다.

'지금까지의 경험으로 보아 각성자들이 있는 것을 제외하면 저쪽 세상과 역사의 흐름이 비슷하다. 더군다나 이곳은 일반인들과 연관된 것들의 발전이 더디다. 그것을 공략하면 이곳에서 엄청난 부를 거머쥘 수 있겠군.'

하나하나 자신이 알고 있는 것들을 떠올려 보았다.

'2020년에 한국의 문화가 세계를 정복했지. 여기서도 통하려나? 내일부터 세계 정보를 모아 봐야겠군. 정보가 부족해. 그러고 보니……'

무언가가 떠오른 영웅은 벌떡 일어나 컴퓨터로 향했다.

컴퓨터의 사양이 2000년대에 나온 것치곤 형편없었다. 헌터용이 아닌 일반용 컴퓨터는 이렇게 사양이 좋지 못했다.

인내심을 가지고 컴퓨터가 켜지길 기다리며 영웅은 한 가지 더 생각했다.

'반도체 쪽도 진출을 생각해 봐야겠군. 라이닉스가 언제

팔렸더라? 2010년? 아직 시간은 좀 있군. 지금은 충분하니 걱정 안 해도 되고.'

컴퓨터가 켜지자 영웅은 검색 사이트 다이버를 켰다.

"아직 지식의 바다는 나오지 않았구나. 그래, 아마조네스도 있었지! 하하하, 이거 대박인데?"

영웅은 아마조네스를 검색했다.

"있구나! 내년에 최저점을 찍던가? 좋아, 그때 최대한 사두기로 하고."

정리할수록 돈 벌 거리가 널려 있었다.

돈은 넘쳐 날 정도로 많았지만, 다다익선이라 했다. 많을수록 좋은 것이다.

"좋아. 돈으로 세계 정복을 해 볼까?"

이렇게 영웅의 진짜 목표가 정해졌다.

날이 밝자 영웅은 김 사장을 찾아갔다.

"도련님, 그자와 너무 친하게 지내시면 안 됩니다."

한 비서가 걱정스러운 얼굴로 말했다.

그런 한 비서의 어깨에 손을 올리며 영웅은 진지한 표정으로 말했다.

"걱정하지 마. 나는 지금 내 뒤치다꺼리를 해 줄 사람이 필요해. 단지 그 목적이니 너무 걱정하지 마."

"도, 도련님! 뭐, 뒤치다꺼리라뇨. 그게 무슨 말입니까?"

"언제까지 이렇게 살 순 없잖아. 나도 슬슬 내 길을 개척해야지."

그 말에 한 비서가 감격한 얼굴을 하고선 영웅을 바라보았다.

심히 부담스러운 표정이어서 영웅은 살며시 시선을 피했다.

"도련님, 장하십니다! 흑흑, 우리 도련님께서 이런 말씀을 하시는 날이 오다니 저는, 저는 정말……."

그동안의 고생이 떠올랐나 보다.

감정이 격해 눈물까지 보이는 한 비서였다.

영웅은 한 비서의 등을 두어 번 토닥이고는 김 사장의 사무실로 올라갔다.

"뭐지, 이 광경은?"

문을 열고 들어간 사무실 광경은 개판이었다.

여기저기 사람들이 쓰러져 있었고, 김 사장은 피투성이가 된 채로 바닥에서 꿈틀거리고 있었다.

"오늘 손님 안 받는다, 꺼져."

하얀 와이셔츠에 피가 듬성듬성 묻은 남자가 손을 휘저으며 말했다.

"도, 도련님, 그, 그냥 가시죠."

한 비서가 겁에 질린 얼굴로 영웅을 재촉했다.

하지만 영웅은 꿈쩍도 하지 않았다.

'우, 우리 도련님이 이렇게 힘이 셌던가?'

아무리 힘을 줘도 미동조차 없었다.

"나 거기 누워 있는 사람한테 볼일이 있는데? 너희가 꺼지면 안 될까?"

영웅이 방글거리는 얼굴로 그곳에 있는 사람들에게 말했다.

그러자 남자는 어이가 없는 표정으로 헛웃음을 보였다.

"야, 아무래도 제정신이 아닌 놈 같으니 대충 만져 주고 내쫓아."

"네!"

수하들에게 명령하고는 자기 옆에 있는 야구 배트를 다시 집어 드는 남자였다.

"오래간만에 몸 좀 풀어 볼까?"

뒤에서 들려온 영웅의 목소리와 함께 엄청난 타격음이 방 안을 가득 채웠다.

빠악-! 빡-! 빠박-! 뿌각-!

털썩, 털썩, 털썩.

셔츠남이 고개를 돌렸을 땐 이미 모든 상황이 끝나 있었다.

자신의 수하들이 게거품을 물고 흰자위를 보이며 바닥에서 꿈틀거렸다. 각자 팔다리가 기이하게 꺾인 상태로 말이다.

"좀 하는 놈이었나?"

셔츠남이 배트를 옆으로 집어 던지며 말했다.

"좀이 아니라 많이."

"하하하, 각성자냐?"

"아니, 일반인."

"일반인이 B급 각성자들을 한 방에…… 기절시켰다고? 그게 말이 된다고 생각하나?"

"말이 왜 안 되지? 아, 언제까지 주절거릴 거야? 덤빌 거면 빨리 덤벼. 후딱 끝내고 내 볼일 보게."

"으드득! 네놈의 팔다리를 모조리 박살 내 놓고 다시 대화하지."

셔츠남이 자신의 주먹에 푸른 기운을 두른 채 영웅에게 달려왔다. 그의 주먹이 영웅의 얼굴을 향해 날아왔다.

"느려."

빠악―!

"커헉!"

"그런 속도로 무슨 나를 잡겠다고."

뻐걱―! 빠작―!

웃는 얼굴로 셔츠남의 온몸을 마구 구타하는 영웅이었다.

"나를 어찌한다고?"

"@#%$@#."

주둥이가 박살이 나서 뭐라고 하는지 통 알아듣지를 못했다.

"뭐라는 거야?"

빠악-!

털썩-!

마지막 한 방에 기절해 버린 셔츠남.

기절한 셔츠남을 발로 차 옆으로 치우고 바닥에 있는 김 사장을 깨우는 영웅이었다.

뒤에서 이 장면을 모두 지켜본 한 비서는 경악하고 있었다.

자신이 알고 있던 영웅이 아니었다. 영웅은 저렇게 강하지도 않았고, 저렇게 강심장이지도 않았다.

너무도 쉽게 각성자들을 때려눕히는 영웅을 보고 한 비서는 지금 이 상황이 꿈인지 현실인지 헷갈렸다.

"도, 도련님, 지, 지금 이게?"

"쉿! 이따가 얘기하자, 이따가."

"네……."

잔뜩 주눅이 든 한 비서는 조용히 뒤로 물러섰다.

지금까지 이렇게 무서운 모습의 영웅은 처음 경험했기 때문이다.

영웅이 뺨을 몇 번 때리자, 김 사장이 신음을 내며 눈을 떴다.

"으윽!"

"정신이 좀 드나?"

"도, 도련님?"

"아, 뭔 이런 새끼들한테 처맞고 다녀. 맘 아프게."

영웅의 말에 김 사장은 울컥했다.

"저를 구하러 오신 겁니까?"

그냥 우연히 발견했지만, 영웅은 그렇다고 대답했다.

영웅의 대답에 김 사장이 울음을 터트렸다.

"크흑! 가, 감사합니다."

김 사장을 토닥이며 물었다.

"얘들은 뭐냐?"

영웅이 가리킨 곳을 보니 간간이 경련을 일으키는 덩치들
이 바닥에서 꿈틀거리고 있었다.

"제 저, 전주입니다."

"전주? 아, 쩐주. 돈 대 주는 인간들이구나?"

"그, 그렇습니다."

"그런데 왜 사람을 이 꼴로 만들었어?"

"이, 이자를 내는 날이 지, 지나서."

"내가 돈을 안 줘서 그런 건가?"

김 사장이 고개를 끄덕였다.

"사람 미안하게 만드네. 좋아, 해결해 주지."

"네?"

"쩐주가 누구야?"

영웅의 말에 김 사장이 머뭇거렸다. 그들은 지금 이곳에 누워 있는 자들하고는 차원이 다른 사람들이었기 때문이다.

"그, 그냥 없던 일로 하시고 가, 가십시오. 그들은 위험합니다."

김 사장이 자신을 걱정하자 영웅의 표정이 변했다.

"지금 나 걱정한 거야? 조금 감동인데?"

"장난이 아닙니다, 도련님!"

"나도 장난 아닌데? 나 못 믿어?"

"……."

대답이 없자 영웅은 실망한 표정으로 말했다.

"이거 아무래도 나에 대한 인식을 다시 새겨 주어야겠는데? 가자."

"저, 정말 위험합니다! 그냥 가십시오."

"네가 안 알려 주면 쟤들 깨워서 가면 돼."

그 말이 끝남과 동시에 옆에 기절해 있는 덩치의 발을 지그시 밟았다.

"끄아아악!"

"깨어 있는 거 다 알아. 이게 어디서 기절한 척을."

"마, 맞습니다! 깨, 깨어 있었습니다! 제, 제발! 그, 그만!"

"너희 윗대가리들이 있는 곳 안내해라. 쟤는 무서워서 안내 못 하겠단다."

"네?"

반문하자 영웅은 그의 손가락 하나를 그 자리에서 꺾어 버렸다.

빠각–!

"끄아아아악!"

"되물을 때마다 하나씩이다. 다시 질문할까?"

"아, 아닙니다! 제, 제가 안내하겠습니다!"

"안내하기 전에 연락해. 위험인물이 간다고."

"네? 아, 알겠습니다."

순간적으로 되물을 뻔한 남자였다.

영웅이 이들에게 연락을 취하라고 하자, 김 사장은 다급하게 말렸다.

"아, 안 됩니다, 도련님. 저들의 보스는 S급 헌터라고요! 한국에서 가장 강한 헌터 1백 명 중 한 명이란 말입니다!"

"1백명이나 돼? 생각보다 많네?"

"그, 그런 문제가 아닙니다! 그들은 정말로 강합니다! 도련님이 천강 그룹의 아드님이시니 저들도 크게 문제 삼진 않을 겁니다. 그만하시고 이만 가시죠."

"에이, 그래도 한번 내뱉은 말을 어찌 거두나. 못 먹어도 고! 뭐 해? 전화해."

"네, 네!"

덩치가 전화를 하기 시작하자 김 사장이 다시 적극적으로 만류했다.

"도련님, 도련님이 강하신 건 잘 알지만 그래도 안 됩니다.
S급은 B급이나 A급하고는 차원이 다르단 말입니다. 아직 도
련님께서 S급의 진정한 강함을 경험하지 못해서 이러시는 겁
니다."

"아, 진짜. 오래간만에 두근거리는데 진짜 이럴래?"

"네?"

"그런 게 있어. 내가 다 알아서 할 테니까 그만 좀 해."

그사이 전화를 하고 절뚝거리면서 걸어와 보고하는 덩치
였다.

"여, 연락이 안 됩니다."

"그래? 그럼 어쩔 수 없지. 직접 가자. 너희 보스 어디에
있는지는 알지?"

어디 있는지는 안다.

무의식적으로 고개를 끄덕이려다가 생각해 보니 자신의
보스는 용서가 없는 인간이었다.

거기다가 연락도 없이 적을 이대로 데려간다면 자신이 재
수 없게 모든 죄를 뒤집어쓸 수도 있었다.

필사적으로 발뺌하기로 맘을 먹은 덩치는 비장하게 말했
다.

"저, 저는 모, 모릅니다."

"몰라? 진짜?"

영웅은 나직하게 한숨을 쉬며 말했다.

"그럼 아무 쓸모가 없네? 치우고 다른 놈 찾아봐야지."

영웅이 주먹을 말아 쥐었다.

꿀꺽―!

자신이 모시는 보스보다 더 무섭다.

아니, 지금까지 살아온 인생을 통틀어서 가장 무서운 인간이 눈앞에 있었다.

"아, 아닙니다! 아, 압니다! 바, 방금 기, 기억났습니다!"

"오, 그래? 그거 다행이네. 머리를 날려 버릴까 고민하고 있었는데. 내가 불살 주의인데 여기서도 그걸 지켜야 하나 고민하고 있었어."

'불살'이란다.

사람 뼈를 웃으며 작살 내고 손가락을 아무렇지도 않게 부러뜨리면서 불살이란다.

자신이 지금까지 본 그 어떤 악당보다 더 악당 같은 놈인데 불살 주의란다.

기가 막히고 코가 막혔지만, 그것을 따졌다간 정말로 머리가 날아갈지도 모른다는 공포에 그저 고개를 끄덕일 뿐이었다.

"어디야? 여기서 멀어?"

"차 타고 가면 금방 갑니다. 이 시간에는 항상 별장에 계십니다."

"오! 좋네, 분위기도 있고. 가자!"

턱—!

영웅은 김 사장과 덩치의 목덜미를 잡았다.

"모, 목덜미는 왜?"

"어느 세월에 차를 타고 가니? 날아가자."

"네? 자, 잠까……."

파악— 슈우우웅—!

순식간에 점이 되어 사라진 세 명이었다.

혼자 덩그러니 남겨진 한 비서는 울상이 된 채로 발만 동
동 구르고 있었다.

그때 한 비서의 귀에 목소리가 들려왔다.

—근처 카페에라도 가 있어. 금방 올 테니까.

걱정 가득한 얼굴로 영웅이 날아간 방향을 바라보다가 화
들짝 놀랐다.

"가, 가만 도, 도련님이…… 나, 날았어? 하늘을? 어떻
게?"

각성도 안 했는데 각성자들을 가볍게 해치우면서 사람을
놀라게 하더니, 이번엔 하늘을 날아서 사라져 버렸다.

"뭐, 뭐지? 나 귀신에 홀린 건가?"

일단 영웅이 돌아오면 물어보기로 하고 심호흡을 크게 한
뒤 근처 카페로 이동했다.

북한강을 낀 강변에 아름다운 별장이 자리하고 있었다.

아름다운 풍경과 달리 별장 안의 풍경은 살벌했다. 흉악한 인상의 사람들이 사방을 경계하고 있었다.

슈아앙– 쾅–!

"으아악!"

"새끼 겁 많네, 진짜."

"그, 그런 소, 속도로 날아오면 누, 누구라도 놀랄 겁니다!"

"어쭈? 지금 나한테 언성 높이는 거야? 뒈질래?"

"아, 아니요. 그, 그게 아니라…… 그, 그 손에 들려 있는 놈을 보십시오. 기절했지 않습니까."

"어라? 얘 언제 기절했어? 살살 날아왔는데."

'살살 날아오기는 개뿔! 지랄 염병하면서 날아와 놓고선.'

저 미친놈이 자신들을 데리고 곡예비행이란 비행은 다 했다.

음속으로 돌파할 때는 애기 때 먹은 분유가 넘어올 것 같았다.

괴물 그 자체.

"여기 맞나 보네. 맛있는 살기가 사방에서 날아오는 거 보니까."

영웅은 기절한 덩치를 옆으로 가볍게 던지고 말했다.

별장 한가운데에 당당하게 날아 들어온 영웅은 주위에서 자신을 잡아먹을 듯이 노려보는 무리를 보며 활짝 웃었다.

"네놈들은 누구냐, 헌터냐?"

"병신아, 날아오는 거 못 봤어? 당연한 걸 물어!"

"우리 큰형님을 노리고 온 것 같다. 전부 전투태세로 돌입해라!"

그곳에 있던 덩치들이 일제히 전투태세로 전환하자 엄청난 압박이 둘을 짓누르기 시작했다.

"크으으윽!"

김 사장의 입에서 고통스러운 신음이 흘러나왔다.

극한의 압박에 점점 의식이 희미해져 가는 김 사장의 귀에 선명한 목소리가 들려왔다.

"정신 안 차려? 이 새끼가 빠져 가지고."

빠악-!

"커헉!"

엄청난 고통과 함께 정신이 번쩍 들었다. 그와 동시에 신기하게도 자신을 압박하던 기운들이 모조리 날아갔다.

'제기랄, 이왕 도와줄 거면 좀 멀쩡하게 도와주면 안 되냐?'

속으로 구시렁거리면서 뒤통수를 문지르는 김 사장이었다.

"어쭈? 눈빛, 내가 눈빛 관리 잘하라 했지."

"아, 아닙니다."

지금 상황을 아는지 모르는지 농을 주고받는 두 사람을 보며 별장에 있던 덩치들이 어이없는 표정을 지었다.

"미친놈들인가?"

"글쎄, 제정신이면 둘이서 오진 않았겠지."

덩치들의 궁금증은 곧 풀렸다.

"너희 보스 만나러 왔다. 그러니 그만 인상 쓰고 너희 보스 불러와라."

영웅이 아주 당당하게 말했다.

하지만 대답은 영웅이 원하던 반응이 아니었다.

"저 새끼 죽여!"

제일 큰 덩치를 지닌 놈의 명령에 소 같은 놈들이 일제히 영웅을 향해 달려들었다.

"하하하, 재밌네. 쟤들도 각성자들이지?"

"네, 그, 그렇습니다! 못해도 더블A급 이상입니다!"

벌벌 떨면서도 설명은 다 해 주는 김 사장이었다.

빠박- 빠바바박-!

"꾸에엑!"

"커허헉!"

"끄아악!"

"케엑!"

사방에서 각양각색의 비명이 울려 퍼지며 소 같은 놈들이 날아다녔다.

콰당탕탕– 쿠당탕탕탕–!

덩치들이 땅으로 떨어지면서 별장의 정원이 초토화되었다.

"손님 대접이 형편없네. 이런 약골들로 맞이하고. 안 그러냐?"

영웅이 김 사장을 바라보며 묻자 김 사장이 넋이 나간 표정으로 영혼 없이 끄덕였다.

단 한 방씩이었다.

그 한 방에 이곳에 있는 더블A급 각성자들이 모조리 제압된 것이다.

"……이, 이게 무슨? S급입니까?"

"아니, 일반인."

"농이 지나치잖습니까!"

"넌 안 덤비냐?"

영웅이 손가락을 까닥거리며 제일 큰 덩치를 도발하자 콧김을 쉭쉭거리며 육중한 몸으로 돌진하기 시작했다.

"롤링 락!"

동글동글한 덩치를 강화해서 달려오는 모습이 거대한 바위가 굴러오는 것 같았다.

"기술명 기가 막히게 지었네. 진짜 바위가 굴러오는 줄."

쿠쿵—!

영웅과 부딪친 거대한 남자는 회심의 미소를 지었다.

지금까지 이 기술에 정면으로 부딪치고도 무사한 사람은 자신이 모시는 보스밖에 없었다.

그런데 머리가 이상한 게 무언가에 잡힌 듯한 느낌이 들었다. 불길한 기분에 고개를 들려고 힘을 주었다.

"으윽!"

"아따 고 새끼 머리 더럽게 크네."

꽈아악—!

"끄아아아아아악!"

영웅이 살짝 힘을 주자 거대한 덩치가 엄청난 성량으로 비명을 지르며 괴로워했다.

와장창창—!

그 소리가 어찌나 큰지 별장에 있는 유리창들이 깨져 나갔다.

"그쯤 하지?"

영웅은 목소리가 들려오는 방향으로 고개를 돌렸다.

그곳에는 하얀색 추리닝을 입은 남자가 주머니에 손을 넣고 영웅을 바라보고 있었다.

"네가 얘들 보스냐?"

"그래, 내가 걔들 보스다. 그러니 그만 놔주지?"

털썩—!

영웅은 덩치를 놔주며 활짝 웃었다.

"너 S급이라며? 덤벼라, 실력 좀 보자."

영웅의 말에 보스는 어이가 없는 표정으로 영웅을 바라보았다.

"너도 각성자냐?"

"하아! 진짜 몸에 써 붙이고 다녀야 하나? 보는 사람마다 물어보니 이것도 좀 짜증 나네."

"아니란 말이냐? 서, 설마?"

"그래, 평범한 소시민이다! 됐냐?"

"미, 미친! 그걸 지금 믿으라고? 더블A급 애들을 한 방에 기절시켜 놓고? 나보고 지금 그것을 믿으라고?"

"뭐야? 저걸 왜 못 해? 엄청 쉬운데."

영웅의 말에 보스는 할 말을 잃었다.

절대로 일반인일 리가 없다.

그렇게 생각하고 모든 정신을 집중하기 시작했다.

"말로는 안 되겠군. 일단 잡아서 몇 군데 부러뜨리고 대화를 시작하지."

보스가 나직하게 말하며 영웅에게 돌진했다.

"오, 나랑 취향이 비슷하네. 그렇지, 몇 군데 부러뜨리고 대화를 시작해야 건설적인 대화가 진행되지."

"하하, 그래, 어디 당하고도 그런 소리가 나오나 보자꾸나!"

보스의 눈이 붉은색으로 바뀌었다.

"염동포(念動砲)!"

보스가 자신의 주먹을 영웅에게 내밀자 주먹에서 붉은 빛 줄기가 일직선으로 쏘아졌다.

쩌엉-!

"무, 무슨!"

하지만 보스의 공격은 영웅에게 조금의 타격도 입히지 못했다.

영웅은 심드렁한 표정으로 여전히 보스를 바라보고 있었다.

보스가 화들짝 놀라며 뒷걸음질을 쳤다.

"뭐야, 빛 좀 환하게 쏘고 끝이야? 이럴 거면 손전등이 더 효율적이겠다."

영웅이 한심하다는 듯 빈정거리자.

"으드득, 상태창! 각성 모드 전환!"

보스가 갑자기 상태창을 외치더니 허공에 손질을 마구 해대기 시작했다.

그 순간 보스의 몸 위로 갑옷과 장비 들이 나타났다.

철컹! 철컹!

"오오, 대박! 세상에, 진짜네! 와아, 살다 살다 별걸 다 구경하네."

영웅은 말로만 듣던 아이템 장착 과정을 지켜보고 있었다.

신기했다.

몸 여기저기서 갑자기 생성되는 아이템들을 보며 저건 어떤 원리인지 생각해 보았다.

그러다가 문득 무언가가 떠올랐다.

"여기도 변신할 때 공격 안 하는 게 국룰인가? 엄청 당당하게 내 앞에서 변신하네."

생각해 보니 자신은 적인데 적 앞에서 아주 대놓고 당당하게 변신(?)을 하고 있었다.

사실 영웅의 관점에서나 오래지, 실제로는 순식간에 일어나고 있었고 아이템 장착 중에는 강력한 자체 보호막이 형성되어 각성자를 보호해 주었다.

물론 아무리 그렇다고 해도 이렇게 적 앞에서 아이템 장착을 하는 것은 흔치 않은 일이었다.

그만큼 보스가 영웅을 위험인물이라 생각하지 않는다는 소리다.

영웅이 정말로 위험하다고 생각했다면 모습을 드러낼 때 이미 모든 아이템을 장착하고 나타났을 것이다.

"크크크. 이게 내 본모습이다. 내 등급에서 착용할 수 있는 최고의 템들이지."

고인물이 뉴비에게 자신의 장비를 자랑하는 모양새였다.

그 모습이 정말로 게임 속에서 보던 캐릭터 같아서 영웅은 어이가 없는 표정으로 웃었다.

"참 나, 진짜로 게임 같네. 레벨도 오른다며? 너는 몇 레벨이냐?"

"크크크, 그런 것을 물어보는 것을 보니 일반인이 맞군. 어쩌다가 강한 힘을 가지고 태어난 듯한데 그것도 오늘로 끝이다."

"아니, 몇 레벨이냐니까?"

"그건 저승에 가서 알아봐라!"

"뭔 개소리야!"

보스는 자신의 검을 영웅에게 휘둘렀다.

"멸천파검(滅天波劍)!"

검에서 쏘아진 엄청난 기운이 영웅을 향해 날아갔다.

김 사장은 보스가 등장했을 때부터 멀리 떨어져 몸을 웅크리고 덜덜 떨고 있었다.

그러면서도 상황은 궁금한지 눈은 영웅과 보스를 향한 채였다.

"과, 과연 S등급 각성자구나! 말도 안 되는 위력이다!"

하지만 영웅이 질 거라는 생각은 들지 않았다. 그게 이상했다. 왜 이런 생각이 당연하게 드는지 자신도 알 수가 없었다.

콰콰쾅–!

거대한 폭발과 함께 영웅이 있던 장소 자체가 날아가 버렸다.

쿠르르르릉–!

폭발이 어찌나 강했는지 별장 주변 땅이 크게 울렸다.

"크크크, 이거 참. 나도 모르게 너무 고급 기술을 써 버렸군."

자욱한 먼지를 보며 보스는 낄낄거렸다.

방금 자신의 손에 생명이 사라졌음에도 아랑곳하지 않는 모습이었다.

보스는 고개를 돌려 벌벌 떨고 있는 김 사장을 바라보았다.

"네놈이지, 저놈을 데려온 놈이."

"아, 아닙니다! 저, 저는 그저 따라…… 헉!"

말을 하다 말고 무언가를 보며 놀라는 김 사장.

그 모습에 고개를 갸우뚱하며 뒤를 돌아보니, 그곳에 영웅이 옷을 털며 웃고 있었다.

"방금 건 살짝 느낌이 있네. 괜찮았어."

"헉! 뭐, 뭐야! 어떻게 살아 있어?"

"왜? 네 기술 맞으면 다 죽어야 하냐? 가만…… 날 죽이려고 기술을 쓴 거야?"

당연한 거 아닌가.

"마, 말도 안 돼! 멸천파검은 SS급 각성자에게도 상처를 입히는 기술인데……."

"SS급도 있냐? 뭔 등급이 이렇게 많아, 헷갈리게."

영웅은 투덜거리며 보스를 바라보았다.

스팟-!

순식간에 공간 이동을 한 영웅은 경악한 보스를 바라보며 살짝 미소를 지어 보이곤 주먹을 날렸다.

쩌억-!

"쿨럭!"

단 한 방에 허리가 직각으로 꺾이며 피를 토해 내는 보스.

쿠당탕탕- 쩌적-!

구석으로 날아감과 동시에 보스가 입은 갑옷이 박살 났다.

"쿠, 쿨럭! 쿨럭! 마, 말도 안 돼! 레, 레전드급 갑옷인데…… 바, 박살이라니!"

고통스러운 와중에도 자신의 소중한 아이템이 박살 난 것을 더 안타까워하고 있었다.

하지만 계속 그것을 신경 쓸 수 없었다.

영웅이 천천히 걸어오고 있었기 때문이다.

"뭐야? 뭐 이렇게 약해? 너 S급 맞아? 확실해?"

보스는 떨리는 동공으로 영웅을 바라보았다.

말이 되지 않는 일이 벌어졌다.

S급이 일반인에게 당한다는 것을 떠나 영웅의 힘이 상식 밖이었다.

지금까지 자신이 알고 있던 힘의 생태계가 송두리째 날아가는 기분이었다.

'방금 박살이 난 갑옷은 80% 충격 흡수라는 옵션이 붙어 있는 템인데…… 규격 외! 그래, 이, 이자는 규격 외다! 결코 우리가 알고 있던 상식으로 판단해선 안 된다!'

소름이 돋았다.

보스는 빠르게 판단을 내렸다.

자신을 공격할 때 특별한 기술을 사용한 것도 아니었다.

그냥 주먹이었다.

주먹 한 방.

그것에 지금 이 꼴이 났다.

"왜, 주먹에 당하니까 자존심이 상해? 화려한 기술을 사용해 줘, 응?"

단순히 힘만 센 인간인 줄 알았더니 그게 아니었나 보다.

"기, 기술도 있습니까?"

"당연하지. 사용하면 여기는 지구상에서 소멸하겠지? 보여 줄까?"

보스가 격하게 고개를 저었다.

자신의 모든 감각이 경고를 날리고 있었다. 저것은 결코 농담이 아니라고 말이다.

"기, 기술까지 사용하는데…… 저, 정말로 각성자가 아닙니까?"

보스의 입에서 저절로 존댓말이 튀어나왔다.

"응, 아니야. 나도 상태창인지 뭔지 한번 구경했으면 좋겠다. 진심 궁금하다."

각성하지도 않았는데 저런 강함이라니.

"더 할래?"

영웅의 말에 보스가 고개를 저었다.

해 보나 마나였다.

애지중지하던 아이템이 주먹 한 방에 아작이 났고, 충격을 80%나 상쇄해 주었음에도 자신은 피를 토하며 날아갔다.

그나마 아이템이 충격을 상쇄했기에 자신이 이렇게 정신을 차리고 있는 것이다.

"아닙니다. 더 해 봐야…… 샌드백밖에 더 되겠습니까."

"상황 판단이 빠르네, 맘에 들어."

"가, 감사합니다."

영웅은 구석에 있는 김 사장을 가리키며 말했다.

"내가 찾아온 이유는 저놈 때문이야. 저놈을 내 아래 두고 쓰려는데 너에게 허락을 받아야 한다며?"

보스는 김 사장을 유심히 바라보았다.

"죄송합니다. 저런 말단까진 제가 잘 모릅니다. 그냥 데려가시면 됩니다."

"오, 그래? 나중에 딴말하기 없기다. 그리고 쟤가 갚아야 할 돈은 나중에 내가 갚아 주지."

영웅의 말에 김 사장이 깜짝 놀랐다.

설마하니 자신을 대신해 빚을 가져갈 줄은 몰랐다.

영웅의 말에 보스가 고개를 저으며 말했다.

"괜찮습니다. 대신 저도 한 가지 조건이 있습니다."

"조건? 말해 봐. 들어줄 수 있는 것이면 들어주지."

"저는 저보다 강한 사람을 신봉합니다. 어정쩡하게 강한 사람이 아닌 압도적인 강함을 지닌 사람을 말입니다."

"그래서?"

"모시게 해 주십시오."

보스가 고개를 숙이며 말했다.

"날 모시겠다고?"

"그렇습니다."

"그래, 앞으로 잘 부탁한다."

"이렇게 쉽게 받아들이시는 겁니까?"

"그럼 나 좋아서 내 밑으로 들어온다는데 안 받을 이유는 또 뭐야? 안 그래도 사람 많이 필요했는데 잘됐지, 뭐. S급이면 나름 인재이기도 하고."

S급이면 나름 인재가 아니었다.

70억 인구 중에 약 5천 명밖에 없는 초인재였다. 상위 0.00007%의 인재다.

물론, 자신의 정체를 숨기고 있는 S급들도 많지만, 정식으로 등록되어 있는 S급 각성자의 수는 5천 명 정도밖에 되지 않았다.

그런 인재가 지금 영웅에게는 찬밥 취급을 받고 있었다.

그런데 그것이 기분 나쁘지 않았다.

'사이즈 자체가 다른 인간이었군.'

인정했다.

이자는 인간이라는 틀에 묶어서 생각하면 안 되었다.

'등급 외.'

그거였다.

인간을 초월한 무언가.

보스는 무언가를 곰곰이 생각했다.

영웅은 그것을 조용히 기다려 주었다.

"알겠습니다, 주군."

"주군? 사극도 아니고……."

"하하하, 이미 주군이라 불렀으니 무를 수는 없습니다."

"맘대로 해, 너의 이름은?"

"신의 이름은 천민우라고 합니다, 주군."

천민우라 자신을 소개한 보스는 최대한 공손하게 영웅 앞에 섰다.

하지만 그의 입가엔 여전히 피가 흐르고 있었다.

"리스토어."

영웅이 천민우의 몸에 손을 대며 무언가를 말하자 손에서 빛이 일어나 몸속으로 스며들었다.

"이제 아프지 않을 거다."

'히, 힐링? 유럽 쪽 각성자들이 사용하는 기술까지? 주, 주 군의 정체가 도대체 뭐지?'

천민우가 놀란 얼굴로 영웅을 바라보았다.

영웅이 방긋 웃으며 말했다.

"근데 나 계속 밖에 서 있어? 일단 안으로 들어가자."

"아, 아닙니다! 제가 모시겠습니다. 너희는 여기 정리해
라."

천민우가 자신의 부하들에게 정리를 명령하고 영웅을 정
성스럽게 안내하였다.

그 뒤를 쭈뼛거리며 따라가는 김 사장이었다.

경악.

지금 천민우의 심정이 그거였다.

자신의 거실을 가득 채운 금괴들.

자신도 웬만한 부자 못지않은 부를 축적했다고 생각했는
데, 지금 눈앞에 펼쳐진 광경은 기가 질릴 정도였다.

영웅이 돈을 꺼내 오겠다며 갑자기 허공에 동그란 원을 그
렸다. 원이 그려지자 그곳에 블랙홀 같은 검은 구체가 생성
되었다.

그러더니 물었다.

- 원화로 바꾸려면 금이 편해, 달러가 편해?

천민우는 자신도 모르게 금이라고 대답했다.

웜홀에서 캐 온 것이라고 둘러대면 되니까.

그리고 대답을 들은 영웅은 아무렇지도 않게 그곳으로 걸어 들어가더니 거실을 가득 채울 금괴를 들고 나타났다.

"일단 조금만 가져와 봤어."

"이게…… 조금이라고요?"

황당한 눈빛으로 영웅을 바라보는 천민우였다.

얼추 봐도 몇 t은 되어 보였다. 대략 계산해도 몇천억은 나올 것 같았다.

"이 정도 양도 가능해?"

놀라서 멍하니 금괴를 바라보고 있는데, 영웅이 물어 왔다.

"네? 네! 가, 가능합니다! 마침 저희 애들이 이쪽 시장에서도 활동하고 있어서 손쉽게 변환 가능합니다."

"그래, 변환하면 연락해 줘."

"아, 알겠습니다. 그런데…… 이 돈으로 무엇을 하려고 하시는지 여쭤봐도 되겠습니까?"

"투자해야지. 금융 쪽에서 일하는 애들 좀 구해 놔. 앞으로 바쁘게 움직일 거니까."

"알겠습니다."

천민우는 문득 아까 영웅이 들어갔던 검은 구체가 떠올랐다.

"조금 전의 검은 구체는 뭡니까?"

"응, 내 개인 보관함? 그 정도로만 알아 둬."

"정말 주군은 신비하신 분이군요."

천민우의 말에 영웅이 싱긋 웃고는 자리에서 일어났다.

"준비되면 내가 투자 리스트를 보낼 테니 아끼지 말고 공격적으로 투자하고."

"알겠습니다."

"그럼 다음에 보자고. 나는 간다."

"살펴 가십시오!"

슝-!

밤하늘 속으로 순식간에 사라지는 것을 보며 나직하게 말하는 천민우였다.

"이제 저분의 세상이 오겠군……. 하하하, 기분이 좋아. 오늘은 실컷 마시고 취해야겠어."

행복한 미소를 지으며 영웅이 날아간 방향을 바라보는 천민우였다.

⟡

"도련님, 너무하십니다. 어찌 저를 그렇게 속이실 수 있습니까?"

"미안, 속이려고 속인 건 아닌데…… 어쩌다 보니."

"그, 그런 엄청난 능력은 언제부터 생기신 겁니까?"

"기억을 잃고?"

"우와! 역시 도련님께서 기억을 잃은 것은 정말 하늘이 내린 축복이었군요!"

그렇게 엄청난 무력과 능력을 보여 줬는데 반응이 겨우 저거였다. 한 비서도 평범한 인간은 아니었다.

하긴, 그러니까 영웅을 그렇게 오랫동안 옆에서 보좌했겠지.

"암튼 절대 비밀이야. 나는 아직 남들 눈에 띄고 싶지 않아. 특히 가족에게는 더더욱 비밀."

"아니, 왜요? 지금까지 도련님을 그토록 무시하던 큰 도련님과 둘째 도련님에게 크게 한 방 먹일 기회 아닙니까!"

"애도 아니고…… 뭘 그런 거로."

"도련님."

"왜?"

"도련님, 애 맞는데요."

"……."

맞네, 아직 고등학생이었지.

어서 졸업해야 할 텐데…….

"일단 집에 가자. 생각해 보니 내일 숙제 안 했다."

"하하하, 도련님 입에서 숙제라는 말이 나오는 것이 아직도 믿기지 않네요. 걱정하지 마십시오! 이 한지우, 무슨 일이 있어도 도련님의 비밀을 지켜 드리겠습니다!"

두 눈까지 부릅뜨며 엄청나게 진지한 표정으로 다짐하는 한 비서를 보며 영웅은 자신도 모르게 웃었다.

이 사람은 편했다. 전 세상에서도 이 정도로 자신을 편하게 해 준 이는 없었다.

이곳에 와서 이렇게 쉽게 적응할 수 있었던 것은 한 비서의 힘이 컸다.

"고마워, 내 곁에 있어 줘서."

영웅의 갑작스러운 말에 한 비서의 얼굴이 새빨갛게 변하며 당황했다.

"가, 갑자기 그, 그게 무, 무슨 말씀입니까. 느, 늦겠습니다. 어서 가, 가시죠."

아무렇지 않게 행동하려고 노력하는 한 비서였다.

자신의 입이 귀까지 걸린 것도 모른 채 말이다.

영웅은 자신의 서재에서 투자한 기업들 리스트를 바라보고 있었다.

미래자동차, 칠성전자, 지엘전자, 라이닉스, 아마조네스, 어플, 고글 등등 자신이 아는 기업들에 전부 투자했다.

솔직히 평행세상이라고 하여도 이 기업들이 이곳에도 존

재할 줄은 몰랐다. 원래 세상과는 역사의 틀이 달랐기에.

각성자라는 존재가 있는 이 세상에는 저 기업들이 없을 줄 알았다. 그래서 정보를 알아볼 때, 저 기업들이 존재하는 것을 확인하고 환호성을 질렀다.

"역시 어느 정도는 비슷하게 흘러간다 이거지?"

영웅의 결론은 저것이었다.

완전히 똑같지는 않았지만, 기업의 크기나 발전 속도 등을 알아보았을 때 원래 세상과 비슷하게 흘러갔다.

그것을 믿고 과감하게 투자했다.

"뭐, 아니면 말고."

자신의 이론이 오답이어도 딱히 상관은 없었다. 자신은 재벌가의 자식인 데다 4차원 공간에 재물은 넘치도록 있었으니까.

솔직히 자신이 가진 재물만 있어도 평생을 편히 살 수가 있었다.

일단 씨앗을 뿌려 두었으니 기다리기만 하면 되었다.

영웅은 요즘 새로운 공부에 몰두하고 있었다.

가드륨.

신이 내린 선물이라고 칭해지는 금속이었다. 나오는 양은 한정적인데 사용하는 곳은 많아서 가격 또한 비쌌다.

이 금속으로 인해 인류의 역사에 큰 전환이 이루어졌다.

이것의 등장으로 석유산업은 나락으로 떨어졌다. 손톱 크기의 가드륨이면 작은 도시를 1년 내내 밝힐 수 있는 전력을 생산할 수 있었다.

자동차에 가드륨을 눈에 겨우 보일 정도의 알갱이로 만들어 넣은 단추 모양의 건전지를 넣고, 5년마다 갈아 주면 되었다. 석유 연료의 종말이었다.

중동의 중요도가 순식간에 하락하고, 각성자들이 많은 나라가 부유한 나라로 올라갔다.

그중에 가장 대표적인 나라가 바로 중국이었다.

엄청난 인구수에 따른 엄청난 수의 각성자들.

이곳의 중국 역시 미국과 세계의 패권을 두고 다투고 있었다.

"가드륨이라……."

전에 살던 세상에선 이런 금속을 한 번도 들어 본 적이 없었다.

문제는 이것이 지구에 있는 것이 아니라, 웜홀이라는 특수한 환경 속에 있는 몬스터들의 몸에서만 나온다는 점이다.

"거참, 진짜 게임도 아니고 신기한 세상일세."

웜홀은 각성자가 아니면 들어갈 수가 없다고 했다. 그래서 고민인 것이다. 그런 세상이면 구경이라도 해 보고 싶은데 구경할 방법이 없었다.

"가서 힘으로 열고 들어가?"

그것도 방법이긴 했지만 실패했을 시 무슨 일이 벌어질지 몰랐기에 함부로 그럴 수도 없었다.

　존재는 하는데 볼 수도 없고 경험할 수도 없다니 애가 탔다. 웜홀을 들어갈 수 있는 방법이 있다면 그것이 무엇이든 할 준비가 되어 있었다.

　생각을 해 보자.

　신기한 세상에 소환되어 왔는데, 거기에 게임 속 세상 같은 또 다른 차원이 있다고 한다.

　그것을 경험 못 한다고 생각하니 궁금해 미칠 것 같았다.

　그래픽이 아닌 현실에서 경험하는 진짜니까.

　"아, 미치도록 들어가 보고 싶다! 궁금해! 궁금해! 궁금하다고!"

　끙끙거리며 앓고 있을 무렵 밖에서 인기척이 들려왔다.

　똑똑-!

　"엄마야. 안에 있니?"

　"네, 들어오세요."

　어머니가 문을 열고 과일을 들고 들어오셨다.

　"공부하니? 이것 좀 먹고 하렴."

　"감사합니다."

　어머니는 과일을 내려놓으며 책상 위의 책들을 훑어봤다.

　각성자의 세상, 헌터란 무엇인가, 웜홀 속 세상

평행세계
먼처

책들의 제목을 보자마자 그녀는 트라우마가 떠올랐는지 부들부들 떨었다.

"어머니?"

그 모습에 놀란 영웅이 어머니를 바라봤다.

"너, 서, 설마 아직도 각성하는 거에 미련을 못 버렸니?"

"아니에요. 오해십니다. 단지 세상을 살아가기 위해선 알아야 하니까 공부하는 거예요."

영웅의 어머니, 권혜영 여사는 미심쩍은 얼굴로 영웅을 쳐다보았다. 제발 아니기를 바라는 눈빛을 보내면서.

"정말입니다. 그냥 보는 겁니다. 기억을 잃어서 각성자나 헌터에 대해 하나도 몰라서요."

"저, 정말이지?"

"네, 걱정하지 마세요."

"그럼 다행이지만…… 궁금한 것이 있으면 엄마한테 물어보렴. 이래 봬도 트리플A 각성자니까."

아, 맞다!

어머니도 각성자였구나.

가족 전체가 각성자였다는 사실을 깨달았다.

'나도 참, 그냥 평범한 가족이라고 생각했다니…….'

사실 아직도 적응되지 않았다. 그냥 원래 살던 평범한 세상 같았다.

각성자들이 나 각성자다 하고 드러내 놓고 활동을 하는 것도 아니고, 정말 게임처럼 시도 때도 없이 몬스터가 나타나는 것도 아니었기에 더 무감각한 것일 수도 있었다.

지금도 봐라. 어머니가 각성자인데도 전혀 인식을 못 하고 있었지 않았는가.

웜홀만 해도 그렇다. 워낙에 중요한 장소이기에 나라에서 특별 관리를 한다. 삼엄한 경비까지 세워져 있기에 일반인들은 접근조차 할 수 없다.

웜홀 자체가 자원이고 나라의 국력을 지탱해 주니 그럴 수밖에.

사실 이곳에 사는 동안 다른 세상이라고 생각하지 못하고 지낸 날이 더 많았다.

걱정 가득한 눈빛으로 자신을 보는 어머니를 달래며 웃었다.

"정말입니다. 저는 각성에 미련이 없어요. 앞으로 회사 일도 하고 하려면 세상을 알아야 하니 미리미리 공부하는 것뿐입니다."

"회사? 그, 그럼 너 정말로 아버지 회사에 들어가 일할 생각이 있어?"

"네. 그럼 어디 가서 일해요? 들어가지 말까요? 다른 데 알아봐요?"

"아니, 아니야! 아빠가 안 넣어 주면 엄마가 쫓아가서 무슨 수를 써서라도 취직시켜 줄게! 너는 걱정하지 말고 지금

처럼 공부만 열심히 해, 알았지?"

혹시라도 다른 마음을 먹을까 싶어 초조했는지 속사포같이 말을 하는 어머니를 보며 영웅은 고개를 끄덕였다.

그제야 안심되는지 영웅의 머리를 쓰다듬고 나가는 권혜영 여사였다.

⚜

"아, 날씨 좋다."

영웅은 학교 옥상 문 위 지붕에 누워 하늘을 바라보고 있었다. 골치 아픈 투자 건을 맡길 사람도 찾았겠다, 한가로이 여유를 즐기고 있었다.

이렇게 여유 있게 지내본 것이 언젠지 기억도 나지 않았다.

이곳에 온 뒤로도 계속 바쁘게 지낸 편이었으니까.

시원한 가을바람을 맞으며 눈을 감고 낮잠을 즐기려는 그때, 옥상 문이 거칠게 열리며 아이들이 소란스럽게 올라왔다.

영웅은 그냥 무시하고 눈을 감으려고 했다.

퍼억-!

"꺼어억!"

숨넘어가는 소리와 함께 무언가가 쓰러지는 소리가 들려

왔다.

털썩-!

"쿨럭! 쿨럭!"

"야야! 똑바로 서 봐, 똑바로. 내가 제대로 칠 수가 없잖아."

"야, 다음은 나야!"

배를 맞았는지 숨을 제대로 못 쉬는 학생과 그런 학생을 일으켜 세우며 웃는 학생들.

영웅은 인상이 찡그려졌다.

'각성자들이 사는 세상이라서 여긴 안 그럴 줄 알았더니……. 어딜 가나 똑같구먼.'

짜증이 났다.

오래간만에 좋은 날씨를 만끽하며 소소한 행복을 즐기고 있었는데 그것을 방해받은 것이다.

빠악-!

"커헉!"

콰당탕탕-!

"캬하하하하! 야! 방금 내 동작 어땠냐, 멋졌냐?"

"대박! 돌려 차기 겁나 멋진데?"

"연습 좀 했지!"

"야, 셔틀 2호! 3호! 저 새끼 똑바로 세워! 안 그러면 너희로 바꾼다."

"으, 응! 아, 알았어! 지, 지금 세, 세울게!"

두 학생이 넘어져서 고통스러워하는 학생을 일으켜 세우는 동안 폭력을 행하는 일진 무리가 무언가 이야기를 나누고 있었다.

"야, 그런데 들었냐? 우리 학교 전교 1등 선배가 이 학교 짱이래."

"뭐, 진짜? 에이, 말도 안 되는 소리를 하고 있어."

"진짜라니까. 그 형이 원래 개차반이었는데 요즘 정신 차리고 공부만 죽어라 한다더라."

"어차피 곧 졸업할 사람이야. 머지않아 우리 세상이 온다."

자기들끼리 신나서 떠들어 댔다.

"자, 또 간다!"

자세를 잡고 비틀거리는 애한테 달려가려고 하는 순간, 뒤에서 목소리가 들려왔다.

"그만하지?"

"아 씨, 깜짝이야!"

갑자기 들려오는 소리에 놀란 애들이 뒤를 돌아보자, 누군가 주머니에 손을 넣은 채 자신들을 바라보고 있었다.

바로 영웅이었다.

일진들의 시선이 영웅의 얼굴로 향했다. 곱상하게 생긴 것이 싸움은 못 하게 생겼다.

영웅은 그런 시선들을 무시하고 천천히 일진들에게 당하고 있던 학생에게 갔다.

여기저기 심한 상처들을 보며 혀를 찼다.

"정말 심하네. 너희가 이러고도 인간이냐? 같은 학우끼리 친하게 지내야지."

"너 뭐야? 어디서 나타난 거야?"

퍼억- 콰당탕탕-!

방금 입을 연 일진이 영웅의 주먹에 날아가 버렸다.

"선배한테 너라니. 안 되겠다, 너희는 좀 맞자."

"X발! 선배고 나발이고! 야, 조져! 내가 책임진다!"

돼지같이 생긴 놈이 영웅을 가리키며 소리를 지르자, 주변에 있던 애들이 일제히 달려들었다.

"죽어!"

"이익, 맞아라!"

쉭- 쉬쉭-!

네 명의 일진이 주먹을 휘두르는데 단 한 대도 맞지 않고 전부 피하는 영웅이었다.

"이렇게 느린 주먹으로 잘도 사람을 때렸네?"

팍-!

그중에 한 명의 주먹을 잡은 영웅은 그대로 힘을 주었다.

으드드득-!

"끄아아아아악!"

고막이 찢어질 정도의 비명이 울려 퍼졌다.

영웅이 자신을 향해 날아오던 주먹을 잡고 뭉개 버린 것이다.

이제 저 일진은 다시는 주먹을 쥘 수 없을 터다.

악이라 생각하는 즉시 행동에 옮기던 강영웅의 버릇이 나온 것이다.

그 모습에 일진들이 두려운 눈빛으로 물러났다.

하지만 그런다고 봐줄 영웅이 아니었다.

"어딜 가려고? 시작할 때는 너희 마음대로였지만 끝은 아니란다."

슈악-!

영웅의 발이 화려한 곡선을 그리며 학생들의 정강이로 향했다.

뿌각- 빠각- 빠각-!

"끄아아악!"

"끄어어억!"

"우으으읍!"

옥상 바닥에서 극한의 고통에 발버둥 치는 일진들을 대수롭지 않게 지나친 영웅은 1학년 짱으로 보이는 학생에게 걸어갔다.

"오, 오지 마! 우, 우리 아버지가 대, 대령 그룹 회, 회장이다!"

"대령 그룹?"

처음 들어 보는 회사다. 그런 회사도 있었나?

한 비서가 곁에 있었다면 친절하게 설명해 줬을 텐데 아쉬웠다.

하다못해 스마트폰이라도 있었다면 검색이라도 해 봤을 텐데.

"몰라, 그딴 회사."

쩌억-!

"쿠에에엑!"

콰당탕-!

귀싸대기를 맞은 1학년 짱이 2m 넘게 날아가 굴렀다.

이가 절반은 빠졌는지 울면서 웅얼거렸다.

"으허헝엉엉! 너 우리 아빠한테 이를 거야, 두고 봐!"

최대한 힘을 빼고 때렸는데도 저랬다.

"아, 힘을 더 빼야 하나? 에이 씨, 살살 때리는 것도 더럽게 힘드네."

1학년 짱이 뭐라 하든 전혀 신경 쓰지 않는 영웅이었다.

"이르든지 말든지. 아까 말했지? 이제부터 너를 때릴 거야."

영웅이 다시 손을 들어 올리자, 바닥에 있던 짱이 소리쳤다.

"자, 잠깐! 도, 돈을 줄께여!"

볼이 팅팅 부어서 말이 이상하게 나왔지만 뭘 말하는지는 다 알아들었다.

"응, 나 돈 많아."

퍼억-! 퍽퍽퍽- 퍼퍼퍽-!

한참을 줄기차게 맞던 짱은 온 힘을 다해 벌떡 일어나 빌었다.

"데, 데발! 그, 구만!"

"왜, 일어서 봐. 나 아직 더 즐겨야 하는데?"

"자, 잠못해스미다!"

"으응, 그래. 알았으니까 일어서 봐. 그렇게 웅크리고 있으면 내가 제대로 때릴 수가 없잖아."

"사, 사려 주데요! 저말 자못했습미다!"

눈물을 흘리며 싹싹 비는 짱이었다.

영웅은 뒤에 쓰러져 있는 애들을 보며 한숨을 쉬었다.

"에이, 좀 있다가 부러뜨릴걸. 애를 일으켜 세울 놈이 없네."

그렇게 말하며 마무리 지었다.

빠악-!

"케엑!"

털썩.

게거품을 물고 기절한 짱을 뒤로하고 아까 맞고 있던 학생과 셔틀로 불린 이들에게 손짓했다.

세 사람은 공포에 물든 얼굴로 후다닥 달려왔다.

영웅은 세 학생과 어깨동무한 채 바닥에서 고통스러워하는 일진들에게 말했다.

"내 이름은 강영웅이다. 잘 기억해라. 그리고 이 애들 건드리면 내가 다시 찾아가서 애프터서비스를 할 것이니 이것도 잘 기억하고."

영웅이 손을 흔들며 세 학생과 함께 사라지자 공포에 떨던 일진들이 이를 갈며 영웅이 사라진 문을 노려봤다.

"영웅이라고?"

"아, 각성자 학교에 가서 시비를 걸었다는 그 미친놈?"

"시비를 건 게 아니고, 각성자 학교 일진들한테 찍혀서 맨날 처맞고 다녔다고 하더라. 학교를 관두고 잠적한 것도 그놈들 피해서라는 소문이 있던데?"

"내가 알기로 저 사람 아버지가 유명한 재벌인데, 그걸 놔뒀다고?"

"세상에는 더 강한 자들이 많은 법이니까. 저 새끼 부모도 어쩌지 못하는 더 위의 세상이 있지……. 나한테 좋은 생각이 났다."

"뭐?"

"각성자 학교 일진 형들에게 저놈 다시 학교에 나온다는 정보를 넘겨주자."

집에 온 영웅에게 난관이 기다리고 있었다.

대령 그룹인지 먼지 하는 곳에서 전화가 왔단다.

자기 아들이 지금 사경을 헤매고 있다며 책임지라고 노발대발했다는 것이다.

아버지가 죄송하다고 사과를 했단다.

영웅은 그 말에 피가 거꾸로 솟는 기분을 느꼈지만, 지금은 그것을 드러낼 상황이 아니었다.

"결국, 제 버릇을 못 고치고, 사고를 또 쳤느냐!"

쾅- 쩌정-!

분노한 강백현의 주먹이 탁자를 내려치자 대리석으로 만든 탁자가 박살이 났다.

"여, 여보! 이, 일단 영웅이 말부터 듣고……."

권혜영 여사가 재빨리 아들을 감싸려 할 때, 뒤에서 목소리가 들려왔다.

"죄송합니다. 아이들을 괴롭히며 즐기고 있길래 말린다는 게 그만…… 저도 모르게 욱해서……. 죄송합니다."

영웅은 재빠르게 고개를 숙이며 용서를 빌었다.

그 모습에 놀란 것은 부모들이었다.

예전으로 돌아간 줄 알고 얼마나 실망했던가.

그런데 지금 모습을 보니 그건 아닌 것 같았다. 아들은 누구보다 정중하고 정기 가득한 눈빛으로 자신들을 바라보고 있었다.

일단 영웅이 이렇게 나오자 살짝 누그러진 강백현은 자리에 앉으며 물었다.

"정말이냐, 네가 먼저 시비를 건 것이 아니고?"

"정말입니다. 옥상에서 쉬고 있는데 1학년 일진들이 약한 학생들을 괴롭히길래⋯⋯. 처음엔 말로 좋게 하려 했는데 아이들이 덤비는 바람에 저도 모르게 손이 나갔습니다."

강백현이 영웅의 눈을 뚫어지라 바라봤다.

"흠, 그렇단 말이지?"

"네!"

"하면 도대체 왜 그 아이가 사경을 헤맨다는 것이냐? 얼마나 심하게 때렸길래?"

"아닙니다. 뺨을 한 대 치고 홧김에 주먹으로 몇 대 때렸지만, 그 정도는 아닙니다. 정말입니다, 믿어 주십시오. 아시지 않습니까, 제가 때려 봐야 얼마나 강하겠습니까?"

억울하다는 표정으로 말하는 영웅의 모습에 잠시 말이 없던 강백현이 조용히 일어나 술병들이 모여 있는 진열장으로 갔다.

그리고 술 한 병과 잔 두 개를 들고 와서 술을 따랐다.

"마셔라."

잔 하나를 영웅 앞에 내밀며 말했다.

"아, 아버지?"

4장

영웅이 놀란 눈으로 바라보자 강백현이 말했다.

"오늘 이 아비하고 술 한잔하자. 내가 그동안 내 자식에 대해 너무 모르고 살았던 것 같다."

"여보, 영웅이 아직 고등학생이에요!"

"어허, 19살이면 성인이오. 그리고 술은 부모에게 배워야 하는 것이오."

"그, 그래도……."

"오늘은 우리 부자가 할 이야기가 있으니, 당신은 잠시 자리 좀 비켜 주시겠소?"

강백현의 말에 권혜영은 머뭇거리다가 한숨을 쉬며 고개를 끄덕였다.

권혜영이 방으로 들어가자 강백현은 말없이 영웅을 바라보았다. 자식을 먼저 의심했다는 사실이 걸린 것이다.

그래서 오늘은 영웅과 진솔한 대화를 나누기로 마음먹었다.

강백현의 마음을 느낀 영웅도 더는 거절하지 않았다.

"미안하구나. 생각해 보니…… 예전에도 네 말은 믿지 않았어. 그래서 네가 더욱더 삐뚤어졌던 것인지도 모르지. 아비가 되어서 남들 말을 먼저 믿고 너를 의심했구나."

"아버지…… 괘, 괜찮습니다. 제가 속을 썩인 것이니 제 잘못입니다."

영웅의 말에 강백현의 입가에 미소가 그려졌다.

그토록 바라 왔던 아들과의 대화였다.

그날 강백현과 영웅은 밤늦게까지 부자의 정을 나누었다.

다음 날, 일요일 아침.

영웅은 자신의 방에서 한 비서가 들고 온 대령 그룹에 대한 자료를 보고 있었다.

"도련님, 이게 왜 필요하신지?"

한 비서가 들고 온 자료는 대령 그룹 회장의 저택 위치였다.

"응, 내가 볼일이 좀 생겨서 말이지. 그나저나 대령 그룹은 뭐 하는 곳이야?"

"아, 주먹 좀 쓴다는 이들이 모여서 만든 회사입니다. 나름 잘나가는 모양입니다. 주로 건설 쪽이나 제2금융 쪽을 다루고 있습니다."

"그래? 그래서 아들이 그렇게 막 나갔었군."

그 말에 한 비서는 속으로 생각했다.

'도련님이 그렇게 말씀하시면 안 되는데요…….'

속으로만 말이다.

입 밖으로 내는 실수는 절대 하지 않는 한 비서였다.

"고생했어. 쉬는 날인데 불러서 미안해."

영웅은 지갑에 있는 돈을 전부 꺼내 한 비서에게 내밀었다.

얼핏 보아도 100만 원 정도는 돼 보였다.

"도, 도련님, 우리 사이에 이런 것은……."

"받아! 원래 가까운 사이일수록 이런 건 확실하게 해야 하는 거야. 쉬는 날 일했으니까 특별수당이야. 뭐 해, 팔 아파. 빨리 받아!"

"도, 도련님……."

한 비서가 감격한 표정으로 손을 덜덜 떨며 돈을 받아 들었다.

"앞으로 우리 한 비서, 내가 아주 귀하게 쓸 거야. 돈도 아주아주 많이 줄 거고."

"아, 아닙니다, 도련님! 저, 저는 이것만으로도 충분히……."

"알았어, 울먹거리지 말고 어서 집이나 가."

울먹거리는 한 비서를 달래서 내보냈다.

혼자 방에 남아 대령 그룹 회장의 자택 위치를 바라보는 영웅.

그의 입가에 음흉한 미소가 가득했다.

"이 자식들이 잘못은 인정하지 않고 나를 공격해? 오냐, 내 아주 탈탈 털어 주지."

사악한 미소를 지으며 방을 나서는 영웅이었다.

조깅 좀 하고 오겠다고 말을 한 후에 아무도 없는 곳으로 가서 하늘로 날아올랐다.

대령 그룹 회장 저택에 도착한 영웅은 공중에서 투시로 집 구석구석을 살펴보기 시작했다.

"일단 지상에는 없고, 지하에는 뭐가 있나 볼까?"

지하 쪽으로 눈을 돌리자 선명하게 보이는 공간들.

더 내려가자 구석에 유난히 두꺼운 벽으로 만들어진 공간이 보였다.

"오호, 저기군."

영웅은 그곳으로 순간 이동을 했다.

파앗-!

들어선 곳은 불빛 하나 없는 어두운 공간이었지만 영웅에 게는 문제가 되지 않았다.

그의 눈에는 대낮처럼 밝게 보였으니까.

영웅이 있는 이곳은 바로 대령 그룹 회장의 비밀 금고 안이었다.

어둠 속에 자리하고 있는 것들은 바로 엄청난 양의 현금과 금괴 그리고 골동품들이었다.

한쪽 진열장에는 수많은 보석도 빼곡하게 들어서 있었다.

내부에는 그 어떤 보안장치도 되어 있지 않았다. 이중, 삼 중으로 설치된 외부 보안장치를 맹신한 탓이다.

하긴 영웅이 아니라면 누가 이곳을 이렇게 들어온단 말인 가.

"감히 나를 건드려? 아주 천천히 피를 말려 주지."

영웅이 사악한 표정으로 미소 지었다.

누구든지 자신을 건드린 자를 용서한 역사가 없는 영웅이 었다.

그러다가 잠시 고민했다. 이대로 4차원 공간 안으로 쓸어 넣으면 되었지만, 그렇게 가져가긴 좀 심심했다.

'어찌 가져가야 빅엿을 먹일 수 있을까? 어떻게 해야 최대 한 충격을 주지?'

이곳에 온 목적은 그것이기 때문이었다.

영웅은 문득 자신이 서 있는 바닥을 바라보았다. 그리고 좋은 생각이 났는지 방긋 웃었다.

다음 날.

대령 그룹 회장 저택에 난리가 났다.

언제나처럼 금고 속에 있는 것들을 보며 행복한 하루를 시작하려던 회장은 텅 비어 있는 금고를 보고는 경악했다.

"뭐, 뭐야, 이게! 내, 내 돈! 내 금괴! 내…… 보석들……."

꿈인가 싶어 볼도 꼬집어 보고 뺨도 때려 봤지만, 눈앞에 있는 것은 현실이었다.

그러다가 바닥에 커다란 크기의 구멍이 있는 것을 발견했다. 아마도 저 구멍을 통해서 이곳으로 들어온 모양이었다.

그것을 본 회장은 뒤통수를 잡으며 소리를 질렀다.

"겨, 경찰! 아, 아니지……."

경찰을 부를 순 없었다. 그랬다가는 자신의 집에 비밀 금고가 있었다는 걸 온 세상이 알게 될 것이다.

'비, 빌어먹을…… 가만…… 자, 장부! 내 장부들!'

다급하게 구석에 있는 대형 금고를 향해 달려갔다. 그곳에 있는 금고는 동그랗게 구멍이 난 상태로 텅 비어 있었다.

털썩-!

"그, 그래…… 자, 장부를 가져갔으면 나에게 뭔가 요구하는 것이 있을 거야. 암, 그렇고말고."

희망 회로를 돌리며 회장이 간신히 정신을 부여잡고 있을
때, 소란스러움에 위에서 경호원들이 다급하게 내려왔다.

"회, 회장님, 무슨 일이십니까?"

경호원들을 본 회장이 소리쳤다.

"김 비서 불러, 당장! 그리고 너는 윤 서장 좀 조용히 불러
와."

"알겠습니다!"

"알겠습니다!"

서둘러서 나가는 경호원들을 뒤로하고 바닥에 난 구멍을
보며 이를 가는 회장이었다.

"어떤 새끼들인지 모르겠지만 사람 잘못 건드렸다. 이놈
들…… 반드시 내 돈과 장부를 찾고 말겠다."

한편, 언론사들에 각각 다른 서류들이 퀵으로 전달되었다.

그것을 받은 한 기자가 깜짝 놀랐다.

서류 속 내용물은 대령 그룹의 비자금 장부였기 때문이다.

대령 그룹과 친분이 있던 기자는 재빨리 회장의 번호를 찾
아 눌렀다.

"회장님, 저에게 비자금 장부가 배송 왔는데…… 아직 본

사람이 없습니다. 얼마에 사 가실래요?"

희희낙락한 모습으로 딜을 걸고 있을 때 누군가가 다급하게 그를 불렀다.

"여기서 뭐 해! 지금 비상 걸렸어! 빨리빨리 움직여!"

"무슨 일인데?"

"지금 방송사마다 대령 그룹 속보 터졌어!"

"뭐? 비자금?"

"뭔 소리야! 온갖 비리, 청탁, 뇌물, 불법 증여 등등 셀 수도 없어! 특이한 것이, 각각 방송사마다 내용이 전부 다르다는 거야. 에이 씨, 왜 우리에겐 저런 정보가 안 온 거지? 암튼 지금 국장님 열받아서 노발대발하고 있으니까 빨리 가자."

─여보세요, 이 기자! 이 기……!

띠롱─ 탁─!

이 기자는 조용히 전화를 끊고는 서류를 들고 비장하게 국장실로 향했다.

⌒⌒⌒

다음 날.

학교로 향하는 차 안에서 영웅은 한 비서에게 한 가지 일을 맡겼다.

"한 비서, 전국에 있는 보육원 목록하고, 그 보육원이 정말로 제대로 운영되는지 점검해서 잘 정리해 줘."

"네? 갑자기 보육원은 왜……?"

"아, 기부 좀 하려고."

"아, 기부요? 우와! 도련님께서 그런 말씀도 하시고…… 저는 요즘 하루하루가 살맛 납니다."

싱글벙글거리며 연신 영웅을 쳐다보는 한 비서였다.

"그런 눈빛은 사양이니까 좀 치워 줄래?"

"하하하! 참, 도련님도. 이제 쑥스러워도 하시고. 최대한 빨리 추려서 올리겠습니다."

"응, 부탁해. 그리고 기부할 수 있는 곳들을 전부 알아봐. 내가 어제 공돈이 좀 생겼거든."

"공돈요? 얼마 나요?"

"대략 3천억? 그거 다 뿌려야 하니까 열심히 알아봐."

"네에? 그, 그 많은 돈을 전부 기부하시려고요?"

"응, 공돈은 원래 좋은 곳에 쓰는 거야."

"……아깝지만 뭐 도련님이 알아서 잘하시겠지요. 알겠습니다."

"어디서 났는지 안 궁금해?"

"하하, 저번 일을 계기로 도련님이 무엇을 하시든지 무조건 믿기로 마음먹었습니다. 또 무언가 특별한 일을 하셨겠지요. 저는 그렇게 믿습니다."

"그렇게 말해 주니 조금 쑥스러운데?"

한 비서는 바뀐 영웅이 너무도 좋았다. 그래서 그가 하는 일은 최선을 다해 지원하기로 마음먹었다.

한편 영웅은 얘기하다가 자신의 손에 들려 있는 핸드폰을 바라보았다. 그리고 말없이 폰에 집중했다.

"왜 그러십니까? 폰이 마음에 들지 않으십니까? 바꿔 드릴까요?"

한 비서의 말에 영웅이 고개를 저었다.

"아니, 괜찮은 사업이 생각나서 말이지."

폰을 지그시 바라보며 무언가를 생각하는 영웅.

'스마트폰이라…… 파인애플의 Y폰이 나오기 전에 내가 먼저 선점해 버려?'

현재 영웅이 사용하는 폰에는 카메라는커녕 컬러 액정도 달리지 않았다.

심지어 벨소리도 단조로운 화음이 전부였다.

영웅은 한 비서를 바라보며 말했다.

"적당히 인수 가능한 핸드폰 생산 업체 좀 알아봐."

"네? 갑자기요? 그건 또 왜요?"

"응, 재미난 일이 생각이 나서 해 보려고."

"재미난 일요?"

"소소한 취미 같은 거랄까?"

"네? 아니, 누가 취미 생활 하자고 회사를 인수합니까?"

얼마 전에 자세한 이야기를 들었기에 영웅이 얼마나 많은 돈을 가지고 있는지 너무도 잘 아는 한 비서였지만, 이렇게 대책 없이 돈을 쓰는 것은 말려야 한다고 생각했다.

"도련님이 돈이 많은 것은 제가 잘 알고 있습니다. 그래도 이렇게 마구잡이로 쓰시는 건 아니라고 생각합니다."

진심이 담긴 얼굴로 충고하는 한 비서를 보자 영웅은 자신도 모르게 웃음이 나왔다.

기분이 좋았기 때문이다.

"걱정하지 마. 취미라고 해도 대충 할 생각은 없으니까."

영웅 역시 진지한 표정으로 답했다.

그 모습에 한 비서가 잠시 고민하더니 이내 고개를 끄덕이며 말했다.

"알겠습니다. 다만 그것은 시일이 좀 걸립니다. 각 회사 재무도 알아봐야 하고 또⋯⋯."

"알아. 전부 한 비서가 알아서 해 줘. 부탁해."

"알겠습니다, 도련님."

정말로 믿음직한 사람이었다. 하지만 이 사람에게 모든 것을 맡길 순 없었다.

"한 비서, 주변에 믿을 만한 사람 좀 있어?"

"믿을 만한 사람요? 네, 많지요."

그럴 거 같았다. 저렇게 좋은 사람 주변엔 당연히 있겠지.

"한 비서 일을 도울 사람 좀 구해. 혼자서 다 하지 말고."

"저, 정말입니까? 정말 그래도 됩니까?"

"응, 월급은 내가 직접 줄 테니 걱정하지 말고. 알지, 나 돈 많은 거?"

영웅의 말에 한 비서가 고개를 격하게 끄덕였다.

"그럼 한 비서가 알아서 팀을 꾸려 봐. 음, 나만을 위한 전략기획팀을 짜 봐."

"도, 도련님, 드디어 야심을 드러내시는 겁니까?"

한 비서가 놀란 얼굴로 물었다.

"야심? 무슨 야심?"

"그 왜 있지 않습니까? 형, 누나를 제치고 회사에 군림하려는 막내의 반란!"

상상력이 풍부하다.

"아니야, 그런 거."

영웅의 말에 시무룩한 표정을 지으며 입술을 삐죽 내미는 한 비서였다.

"그런 시시한 일은 안 하지. 내 회사, 내 맘대로 할 수 있는 회사를 차릴 거야. 남자라면 그 정도는 해야지."

이어지는 말에 한 비서의 표정이 변했다.

"도련님, 저는 끝까지 따를 겁니다!"

"그 말 절대로 잊지 마. 한 비서 절대 퇴직 안 시킬 거니까 각오해."

"그럼요, 도련님 곁엔 언제나 제가 있을 겁니다! 걱정하지 마십시오! 그리고 전략팀 역시 제가 아는 최고의 인재들로 구성해 놓겠습니다."

"응, 고마워. 부탁해."

하루가 거의 다 지나가고 자율 학습이 시작되었다. 영웅이 교실에서 조용히 책을 읽고 있는데 애들이 웅성거리는 소리가 들려왔다.

소리가 나는 곳을 바라보니 얼굴이 엉망이 된 남학생 하나가 영웅의 눈치를 보며 들어오지 못하고 있었다.

"뭐야? 나한테 볼일이 있나?"

영웅의 말에 남자애가 화들짝 놀라며 고개를 숙이고는 그곳에 가만히 서 있었다.

영웅이 일어나 그곳으로 가자, 남자애가 덜덜 떨기 시작했다.

"나한테 볼일 있는 거 맞지, 그렇지?"

영웅의 질문에 남자애가 고개를 들었다.

영웅은 남자애의 얼굴을 가까이서 보고는 깜짝 놀랐다.

코는 주저앉아 있었고, 눈덩이는 양쪽 다 부을 대로 부어서 사물이 제대로 보이기는 하는지 걱정이 될 정도였다.

게다가 입술은 터져 있었고, 여기저기 무언가에 화상을 입었는지 살에 고름이 차 있었다.

"가, 강영웅 형, 마, 맞죠?"

통통 부은 입으로 힘겹게 말을 꺼낸 학생.

"그래, 내가 강영웅이다. 넌 누구지? 그 얼굴은 또 왜 그러고?"

"혀, 형을 만나려는 사, 사람이 있어요. 끄, 끝나고 저, 저를 따라오시면 돼요."

끝나고 천민우를 만나기로 했지만, 왠지 이 아이를 따라가야 할 것 같은 기분이 들었다.

"그래, 알았다. 이따가 같이 가자."

"하, 학교 교, 교문 앞에서 기다릴게요. 꼬, 꼭 오셔야 해요. 아, 안 그러면……."

잠시 머뭇거리더니 조용히 영웅에게만 들리게끔 말했다.

"……혀, 형의 아, 알몸 사진을 뿌리겠다고 전하랬어요."

"내 알몸 사진?"

영웅이 놀란 눈으로 바라보자 학생이 고개를 끄덕였다.

'아니, 이 새끼는 도대체 무슨 짓을 하고 다닌 거야?'

원래 이곳에 있던 강영웅에 대한 짜증이 일어났다.

영웅은 잠시 숨을 고르고 앞의 학생을 바라봤다. 얼굴에 있는 피딱지가 제대로 굳지 않은 것을 보니 여기 오기 전에도 맞은 것 같았다.

"그냥 지금 가자. 어차피 자율 학습 시간이니까."

"가, 감사합니다."

반응을 보니 빨리 데려오라고 한 듯싶었다. 그리고 그게 저 아이의 얼굴을 저리 만든 이유일 것 같았다.

만약 그게 사실이라면 그들은 오늘 태어난 걸 후회하게 될 것이다.

겉으로는 태연한 '척'하고 있지만, 영웅은 속에서 천불이 나고 있었다.

밖으로 나오니 천민우가 대기하고 있었다.

"어디 가시는 길입니까?"

"응, 이 아이랑 잠시 볼일이 있어서 말이지. 그런데 여긴 웬일이야? 볼일 끝나고 사무실로 갈 텐데."

"하하, 빨리 뵙고 싶어서 달려왔습니다. 겸사겸사 사무실까지 모시고 가고 말입니다."

천민우의 말에 영웅이 고개를 끄덕이고는 자신의 옆에 서 있는 남자애에게 물었다.

"가자는 곳이 여기서 얼마나 되냐?"

영웅의 말에 남자애가 천민우를 보며 잠시 머뭇거리더니 작은 목소리로 말했다.

"태, 택시 타고 20분 정도 가야 하는 거리예요."

그 말에 고개를 끄덕이고는 천민우에게 말했다.

"들었지? 어디 좀 갔다 가자."

천민우는 남자애의 얼굴을 보고 대충 짐작이 가는지 고개를 끄덕이며 차 문을 열었다.

"타시죠, 제가 모시겠습니다."

그런데 남자애가 기겁하며 필사적으로 말리는 것이었다.

"바, 반드시 태, 택시를 타고 오랬어요! 다, 다른 차는 안
돼요!"

잔뜩 겁에 질린 얼굴로 영웅을 말렸다.

"그래, 알았다. 택시 타고 가자."

영웅과 남자애가 택시를 잡고 이동하자 천민우가 탄 차 역
시 조용히 그 뒤를 따르기 시작했다.

⌣

"여기야?"

택시가 도착한 곳은 인적은커녕 불빛조차 없는 공장이었
다.

아주 오래전에 망했는지 얼핏 보면 공포 영화에 나오는 건
물같이 보였다.

그런 폐건물 한 곳에서 불빛이 새어 나왔다.

"저, 저를 따라오세요."

남자애는 가기 싫은지 억지로 한 걸음, 한 걸음을 떼며 공
장 안으로 들어갔다.

아이를 따라 들어가니 안에 특이한 복장을 한 학생들이 소

주를 마시며 또 다른 아이들을 괴롭히고 있었다.

'저 교복은?'

잘 알고 있는 교복이었다. 그들이 입은 교복은 바로 각성자 특성화 학교 학생들이 있는 특수 교복이었다.

각성자들의 힘을 견딜 수 있도록 특수 제작되었기에 한눈에 봐도 특이해 보였다.

떠들면서 다른 학생들을 괴롭히던 그들이 가만히 선 채 지켜보던 영웅을 발견했다.

영웅을 본 그들이 환하게 웃으며 일어섰다.

"이게 누구야! 어이구, 우리 히어로님 아니십니까?"

"크크크크, 안 뒈지고 살아 있었네?"

"내가 널 X나게 보고 싶어 했는데 전화도 안 받고 말이야."

"이제 어디 못 가게 다리부터 분질러 놓고 시작하자."

영웅은 한마디도 안 했는데 자기들끼리 북 치고 장구 치고 다 하고 있었다.

"얼레? 왜 말이 없어. 오래간만에 보니까 즐거웠던 추억들이 마구 생각나냐?"

"내 동생이 너한테 X나게 맞고 왔더라? 복수냐?"

"잠수 타고 오더니 간덩이가 부었나 보다. 왜, 처음 만났을 때처럼 덤벼 보지?"

그렇게 떠들더니 같이 온 남자애를 불렀다.

"뽀삐야, 내가 몇 시까지 데리고 오라고 그랬지?"

"그, 그게!"

"어라? 개가 말을 하네?"

"머, 멍멍!"

"그렇지, 그게 네 모습이야. 항상 짖어라."

"멍멍!"

옆에 있던 남자애는 네발로 걷는 시늉을 하며 개 흉내를 내기 시작했다.

영웅이 어처구니없는 표정으로 그 모습을 바라보고 있을 때, 어디선가 더러운 소리가 들려왔다.

카아아악— 퉤—!

노르스름한 가래 덩어리가 바닥에 떨어졌다.

가래를 뱉은 놈은 영웅을 바라보며 말했다.

"예전처럼 핥아 먹어라. 네가 제일 좋아하던 간식이다, 크크크."

그 말에 영웅이 바닥에 떨어진 가래를 보며 피식 웃었다. 아주 골고루 하고 있었다.

이걸 가장 좋아했을 리가 없지 않은가.

상황을 보니 전에 있던 영웅이 왜 그렇게 힘들게 살았는지 이해가 되기 시작했다.

그는 이들에게 학교 폭력을 당하고 있었던 것이다. 그래서 더욱더 각성자를 증오하고 원망했을 테고.

"어? 웃어? 웃었어? 얘 봐라, 웃는데?"

"야야, 일단 예전 생각 다시 나게 해 주고 시작하자."

"그래그래. 오늘 해 볼 거 많으니까 빨리빨리 하자. 오늘은 저 새끼들이랑 단체로 엉겨 붙어 있는 알몸 사진으로 가볼까?"

"크캬캬캬, 그거 재밌겠다."

그와 동시에 남학생 하나가 영웅에게 걸어왔다.

"이 새끼가 눈 안 깔아!"

슈악-!

남학생의 발 차기가 영웅의 안면을 향해 날아갔다.

퍼억-!

정확하게 맞은 느낌이 오자 남학생의 입가에 미소가 지어졌다.

하지만 다리에서 고통이 느껴지기 시작했다.

덜렁-!

발 차기를 날린 자신의 정강이가 '기역' 자로 꺾여 있었다.

"끄으윽! 이, 이게 뭐, 뭐야?"

왜 부러졌는지 이해하지 못했다.

"저 병신! 발 차기를 잘못해서 저 새끼 돌대가리에 맞았나 본데."

"병신아, 나가 뒈져라. 네가 그러고도 각성자냐?"

뒤에서 구경하던 애들은 다리가 부러진 친구를 욕했다.

"아니라고! 나는 제대로 공격을⋯⋯."

뿌각-!

"끄아아아아악!"

반대쪽 다리 역시 '시옷' 자로 꺾이며 뼈가 튀어나왔다.

"재밌네. 계속해 봐."

영웅의 입에서 드디어 말이 흘러나왔다. 그의 얼굴은 정말로 즐겁다는 표정이었다.

그 모습에 창고 안에 잠시 정적이 흘렀다.

바닥에 쓰러진 채 고통스러워하는 남학생은 각성자 학교에서 A클래스에 있는 학생이었다.

A클래스는 AAA급까지 갈 확률이 높은 학생들이 속한 곳이었다. 일반인들은 이들에게 상처 하나 낼 수 없다는 소리다.

더욱이 상대는 자신들만 보면 도망가기 바쁘던 찌질한 인간.

언제나 가지고 놀던 장난감이 반항하고 있었다.

이내 장내는 다시 시끄러워졌다.

다리가 부러져서 고통스러워하는데도 뒤에 있는 애들은 웃고 떠들었다.

"뭐야? 어디서 뭘 좀 배워 왔나 본데?"

"크크크, 일반인들도 배울 수 있게 변환시킨 각성자 무공이 있다던데 그거라도 익힌 건가?"

"이렇게 짧은 시간에?"

"쟤네 집 돈 많잖아. 영약 같은 걸 처먹었나 보지. 아무리 그래도 다리가 부러지냐."

"이래서 A클래스 애새끼랑 놀지 말자니까, 격 떨어지게."

"크크크, 그래도 저놈이 우리 뒤처리를 가장 열심히 해 주는 놈 아니냐. 너무 그러지 마라."

"하긴 저놈이 없으면 불편하긴 하겠다."

저들의 대화를 들어 보니 영웅의 집안이 어떤 집안인지 잘 알고 있었다. 그런데도 영웅을 이리 대할 수 있다는 것은 한 가지였다.

영웅의 집안보다 더 위에 있는 집안이라는 것.

그것은 사실이었다.

가운데 있는 소파에 홀로 앉아 고개를 한껏 치켜세운 놈이 영웅을 보며 말했다.

"너희 아버지도 우리 아버지한테 쩔쩔매는데 자식새끼가 나한테 대드네?"

빠각-!

"끄아아아악!"

영웅은 저들이 떠들든 말든 신경 쓰지 않고 눈앞에 있는 놈의 팔을 분질렀다.

빠각-!

또 다른 팔도.

빠가각-!

그리고 몸 여기저기의 뼈들을 박살 내기 시작했다.

그러면서도 자신을 바라보는 각성자 학생들을 보며 웃었다.

그 모습에 알 수 없는 소름이 돋는 학생들이었다. 몸에서 경고하는 것 같았다, 최대한 이곳에서 빨리 벗어나라고.

하지만 이런 경험이 없던 그들은 그저 잠시 놀란 것으로 생각했다.

퍼억- 쿠당탕탕-!

영웅의 발 차기에 녀석이 저 멀리 건물 구석까지 날아갔다.

영웅이 씨익 웃으며 입을 열었다.

"새끼들 말 X나게 많네, 진짜."

"뭐?"

슈팍-!

순식간에 그들 앞으로 이동한 영웅이 하얀 이가 드러나도록 웃으며 말했다.

"나는 말보다 주먹이 먼저 나가는 체질이라서."

쩌억-!

"커헉!"

영웅의 주먹이 학생의 복부에 아주 깊숙이 꽂혔다.

그리고 그의 주변에서 당황한 얼굴을 한 이들에게 화려한 돌려 차기를 선사했다.

휘리리릭–!

퍼퍼퍼퍽–!

쿠당탕탕탕–!

"크흑! 이, 이 새끼가!"

"저 새끼 찢어 죽여! 내가 책임진다!"

소파에 앉아 있다가 영웅에게 불시의 일격을 받은 학생이 바닥에서 벌떡 일어나 소리쳤다. 그러자 같이 바닥을 뒹굴었던 학생들이 일제히 자신들의 기운을 개방했다.

"상태창! 각성 모드 전환!"

여기저기서 각성 모드 전환을 외치며 변신을 시작했다.

순식간에 옷을 갈아입은 그들은 살기가 가득한 눈으로 영웅을 바라보았다.

"X발 새끼! 오늘 네놈 제삿날인 줄 알아라!"

쯔잉– 쯔잉– 쯔잉–!

기계음 같은 소리가 사방에서 들려와서 둘러보니, 허공에 개틀링같이 생긴 무기들이 둥실거리며 떠 있었다.

영웅을 완벽하게 포위한 형태였다.

"뒈져, 레이저 캐논!"

외침과 동시에 허공에 떠 있는 개틀링에서 레이저들이 영웅을 향해 엄청난 속도로 발사되었다.

쯔즈즈즈즈즹– 쯔즈즹–!

퍼퍼퍼펑-!

레이저가 영웅이 있던 곳을 마구 때리면서 자욱한 먼지가 일어났다.

영웅의 모습이 보이지 않음에도 공격을 멈출 생각을 하지 않았다. 정말로 가루로 만들려고 작정을 한 것 같았다.

"크흐흐, 아주 가루로 만들어 줄게. 끄아악!"

뿌각-!

공격하는데 허벅지에서 엄청난 고통이 밀려왔다.

뭔가 하고 바라봤더니 발 하나가 자신의 허벅지에 있었다.

고개를 들어 보니 영웅이었다.

그가 자신을 보고 씩 웃고 있었다.

"끄으윽! 이, 이 새끼……."

콰직-!

영웅의 발이 그대로 학생의 발등을 찍었다.

"끄아아악!"

그런 영웅을 향해 다른 이들이 일제히 공격했다.

"저 자식 죽여!"

"파워 블레이드!"

"천파참!"

퍼퍼퍼펑-! 쿠콰과과-!

그들의 공격이 정확하게 영웅의 몸에 적중했다. 그래도 안심이 되지 않았는지 이를 악물고 영웅을 향해 자신들의 비기를 사용하는 학생들이었다.

"아니, 왜 쓰러지질 않는 거야! 왜!"

"이 공격에도 저리 멀쩡히 서 있다고? 피한 것도 아니고 직격으로 맞았는데?"

"S급도 지금 공격이면 쓰러졌을 거야! 그런데 왜 저놈은 멀쩡한 거야, 왜!"

"괴, 괴물……."

"계, 계속 공격해!"

"좀 먹혀라, 먹히라고!"

자신들의 공격을 피하지 않았다. 오히려 당당하게 다 맞아 주고 있었다.

그런데 전혀 대미지가 들어가지 않는 기분이었다.

그것이 이들에게 공포로 다가오기 시작했다.

영웅은 그들이 공격하든 말든 자신의 눈앞에 있는 놈을 끝까지 밟고 나서야 뒤를 돌아봤다.

공격하던 학생들은 보았다.

자신들의 무자비한 공격을 받으면서도 환하게 웃고 있는 영웅을 말이다.

그들의 눈에 영웅이 악마로 보이기 시작했다.

슈팍-!

"뭘 그렇게 보채고 그래. 하나하나 내가 아주 세심하게 만져 줄 텐데, 응?"

나긋나긋하게 말을 하며 순식간에 사라진 영웅이었다.

뿌각– 빠가각– 쩌억–!

사방에서 무언가 부러지고 박살이 나는 소리가 들려왔다. 소리는 들리는데 영웅의 모습은 보이지 않았다.

보이지도 않을 정도로 빠른 속도로 이동하면서 학생들의 몸 구석구석을 어루만져 주고 있었다.

"끄아아악!"

"아퍼, 너무 아퍼! 으으윽!"

"끄으으윽!"

"그, 그만! 그만!"

순식간에 그곳에 있던 모든 이를 제압한 영웅은 쓰러져 있는 자들의 중심에 섰다.

그런 영웅을 보며 믿을 수 없다는 표정으로 입을 여는 각성자 학교의 학생들이었다. 일반인이 자신들을 이렇게 유린할 수 있을 리가 없었다.

"크, 크흑! 미, 믿을 수 없다! 너, 너는 누구냐!"

"내가 아는 그 찌질이는 이렇게 강하지 않아! 그놈에게 사주를 받은 것이냐? 자신으로 변장하고 우리를 처리해 달라고?"

"우리의 공격을 그렇게 받고도 상처 하나 없다고? 지금 이것을 믿으라고?"

여전히 자신들 편할 대로 생각하고 있었다. 그러거나 말거나 영웅은 자신의 목적을 말했다.

"내 알몸 사진 가지고 있다며? 내놔. 그럼 적당히 만져 주고 끝내지."

"크으윽! 그, 그걸 내가 줄 것 같으냐! 이 새끼, 내가 누군지 알아? 너희 집안을 아주 풍비박산을 내 줄 테다!"

"나 역시 집에 얘기해서 너희 집안을 아주 가루로 만들어 버릴 거야!"

조금 전까지 느꼈던 공포는 잠시 넣어 두었나 보다, 다시 나대는 것을 보니.

당연히 영웅이 그것을 그냥 봐줄 리 없었다.

영웅의 발 차기가 그들의 정강이와 허벅지를 향해 날아갔다.

빠각- 퍼억-!

"크헉!"

"케엑!"

쿠당탕탕-!

"새끼들이 한국말을 못 알아먹나. 내 사진 내놓라니까 딴소리하고 있어. 그리고 뭐? 우리 집안을 뭐 어째? 안 되겠네. 나는 그냥 조용히 가려고 했는데 결국 힘을 쓰게 만드네."

영웅은 바닥에 쓰러진 놈의 발목을 자근자근 밟기 시작했다.

빠가각-!

"끄아아아악!"

"꼭 좋게 말하면 말을 안 들어 처먹더라고. 도대체 왜 그러는지 이해를 못 하겠어."

뿌드득- 쯔걱-!

영웅은 그렇게 자신 앞에서 악을 지른 학생 하나를 잡아 몸을 꺾고 뼈를 잘게 부수었다.

"그, 그만! 그마아아아안!"

쯔걱-!

비명을 지르든지 말든지 영웅은 묵묵히 몸 여기저기를 박살 내고 있었다.

털썩.

"크르륵, 크륵."

결국 피가래 소리를 내며 바람 빠진 공기 인형처럼 쓰러진 학생.

"어라? 기절했네? 그럼 다음은 누구로 할까?"

기절한 학생을 발로 차서 옆으로 날려 버리고 다음 대상을 찾는 영웅이었다.

그런 영웅을 보며 학생들은 점점 극한의 공포를 느꼈다.

자신들의 모든 공격이 전혀 통하지 않는데 어찌 대처한단 말인가. 거기에 강하고 잔인하기까지 했다.

사람을 때리는 데 조금의 머뭇거림도 없었다.

"무, 무슨 수를 썼길래 이렇게 가, 강해진 거냐? 서, 설마 각성한 거냐?"

"아니, 그냥 일반인인데?"

"이, 일반인? 그, 그런데 이렇게 강하다고? 우, 우리가 그 걸 믿을 것 같냐?"

"믿지 마. 안 믿어도 돼. 나는 너희를 밟기만 하면 그만이 니까."

사악하게 웃으며 천천히 걸어오는 영웅. 학생들은 손사래 를 하며 뒷걸음질을 치기 시작했다.

"그, 그만해. 사, 사진 줄게."

"그, 그래, 우, 우리가 심했던 거 같다. 이, 이쯤에서 그만 하자."

"너, 너에 대해 저, 절대로 말하지도 않을게. 집에도 얘기 하지 않을게."

"나, 나도! 오늘 일은 내 기억에서 지울 테니, 제발."

영웅을 설득하기 위해 엄청 애를 쓰는 나머지 세 사람이었 다.

그들이 말을 하거나 말거나 영웅은 콧노래까지 부르면서 다음 타깃을 찾았다.

"다음은 너."

"아, 아니야! 내, 내가 잘못했어! 그, 그만해, 제발."

빠각-!

"끄아아악!"

빌든 말든 귓등으로도 듣지 않는 영웅이었다.

"여기랑 여기가 또 부수는 맛이 있지."

친절하게 어디를 부술지 알려 주고 밟기 시작하는 영웅이었다.

콰작-!

"끄으윽! 제, 제발 그, 그만……."

콰직- 우두둑-!

영웅은 아주 정성을 다해 세심하게 몸을 밟아 주었다.

털썩-!

또 한 명이 피거품을 물고 기절했다.

이제 남은 사람은 두 명.

그 두 명의 눈은 공포 그 자체였다.

"워, 원하는 것을 말해! 뭐, 뭐든 들어줄게."

"그, 그래! 우, 우리 느, 능력이라면 네가 뭘 원하든 다 들어줄 수 있어. 그러니 제발 대, 대화로 풀자."

그러거나 말거나 영웅은 두 명을 손가락으로 번갈아 가리키며 노래를 불렀다.

"어느 놈을 밟을까요~ 알아맞혀 보세요, 딩동댕."

'댕' 소리에 얼굴이 사색으로 변한 학생과 안도의 한숨을 내쉬는 학생으로 희비가 교차했다.

하지만 그것은 페이크였다.

"동!"

아뿔싸, '딩동댕'이 끝이 아니었다.

이래서 한국말을 끝까지 들어야 한다는 것인가?

빠각—!

"끄아아아악!"

다시 움직이기 시작한 영웅의 발이 당첨된 학생의 온몸을 구석구석 밟았다.

그 학생마저 결국 고통에 몸부림치다가 역시 피를 토하며 쓰러졌다.

바닥에 쓰러진 친구들을 보며 부러운 표정을 짓던 마지막 학생이 갑작스러운 고요함에 고개를 들었다.

"헉!"

고개를 드니 바로 눈앞에 영웅이 얼굴을 바짝 들이밀며 웃고 있었다.

공포 영화에 나오는 한 장면 같았다.

"이제 너만 남았네?"

생글생글 웃으며 바라보는 영웅의 모습에 정신이 나가기 일보 직전이었다.

마지막에 남은 것은 바로 소파에 앉아서 지시를 내리던 학생이었다.

"우, 우리 아, 아버지가 백두회 회, 회장이다. 나, 나를 건드리면 너, 너희 집도 무사…… 끄아아악!"

"도돌이표도 아니고, 했던 얘기를 몇 번을 하는 거야."

우두둑-!

"끄아아악!"

"너는 특별히 더 신경을 써 줄게."

영웅의 속삭임에 고통 속에서도 눈을 번쩍 뜨고는 고개를 마구 저었다.

또각-!

손가락이 역으로 꺾였다. 그것도 하나하나 아주 정성스럽게 말이다.

영웅은 손가락을 꺾으면서 무언가를 중얼거렸다.

"이른다."

또각-!

"안 이른다."

또각-!

"이른다."

남의 손가락으로 꽃잎 떼며 좋아한다, 좋아하지 않는다를 말하는 것처럼 하고 있었다.

툭-!

결정이 잘 나지 않는 것 같아 발가락으로 넘어가려는데 놈의 고개가 픽 하고 넘어갔다.

기절한 것이다.

"뭐야? 제일 약골이잖아?"

다른 애들과 달리 순식간에 기절한 것이다.

하지만 이들은 몰랐다.

기절이 끝이 아니었음을.

기나긴 고통의 밤은 이제 시작이었음을 말이다.

영웅은 뒤에서 부들부들 떨면서 이 장면을 보고 있는 아이들을 바라봤다. 이들에게 괴롭힘을 당하던 아이들이다.

"너희는 집에 가라. 앞으로 얘들이 너희를 괴롭히는 일은 없을 거다."

영웅의 말에 다들 눈치를 보는데, 영웅을 데리고 온 학생이 앞으로 나서서 고개를 숙이며 말했다.

"가, 감사합니다! 혀, 형은 이름처럼 저, 정말로 저희의 영웅이세요!"

그 학생을 시작으로 다른 아이들까지 연신 영웅에게 감사 인사를 전했다.

"그래, 알았으니까 어서 집에들 가. 가서 치료도 받고, 알았지?"

"네! 저, 정말 감사합니다!"

눈물까지 흘리며 인사를 하고 나가는 학생들에게 손을 흔들어 배웅해 주고 기절한 놈들 앞으로 몸을 돌렸다.

"리스토어!"

영웅이 손을 들어 외치자 환한 빛이 쓰러진 자들을 향해 날아가 흡수되기 시작했다.

그리고 하나둘씩 정신을 차리기 시작하는 학생들.

"헉, 이게 무슨!"

"꾸, 꿈이었나?"

"너도? 나, 나는 정말 어, 엄청나게 지독한 꾸, 꿈을⋯⋯."

다들 식은땀을 닦으며 중얼거리는데 목소리가 들려왔다. 제발 꿈에서 들었던 목소리이기를 간절히 바란 바로 그 목소리가.

"잘 잤어? 이제 다시 시작해야지."

정신을 차린 학생들의 고개가 바람 소리가 들릴 정도로 동시에 한곳을 향해 돌아갔다.

그리고 그들의 눈에 보였다.

조금 전에 꿈속에서 자신들을 그토록 괴롭히던 악마의 모습이.

———

"앉아, 일어서."

척, 척.

영웅의 말 한마디에 기계처럼 정확한 동작으로 앉았다가 일어서는 것을 반복하는 학생들이 있었다.

그들의 표정은 결연했다.

영웅의 말이라면 지옥 불이라도 뛰어들 기세였다.

"자, 나를 어찌한다고? 우리 집안을 어찌한다고?"

영웅의 질문에 동시에 우렁차게 대답이 튀어나왔다.

"무조건 모셔야 합니다! 저희가 받들어 모셔야 할 집안이십니다!"

"복수해도 돼. 나 기대하고 있단 말이야."

"아닙니다! 복수하겠다고 나대는 새끼는 제가 직접 죽이겠습니다!"

이들이 이러는 이유가 있었다.

한 놈이라도 복수하겠다고 나대면 연대책임으로 나머지 놈들도 다시 여기 와서 오늘 했던 모든 것을 두 배로 진행하겠다고 말한 것이다.

이들은 밤새도록 기절했다가 깨어나기를 다섯 번이나 반복했다.

마지막에 일어나자마자 영웅의 앞에 달려가 엎드리며 개가 되라면 개가 되고, 짖으라면 짖겠다며 싹싹 빌었다.

물론 바닥에 자신들이 뱉었던 침은······.

바닥은 아주 깔끔해져 있었다.

이렇게 많은 일이 있었던 오늘의 일을 그것도 두 배로 경험하게 해 준다니, 그런 끔찍한 소리는 태어나서 처음 들었다.

열 번을 기절하고 깨어나기를 반복해야 한다는 소리였다.

온몸의 뼈가 박살이 나는 고통은 다시는 겪고 싶지 않았다.

심지어 자신들의 눈앞에 있는 남자는 박살이 난 몸을 다시 원상태로 돌려놓을 수 있는 능력자였다.

절대로 벗어날 수 없는 고통의 무한 고리였다. 그러니 복수라는 단어에 이들이 이렇게 경기를 일으키는 것이다.

"해도 된다니까? 가서 일러, 나 맞고 왔다고. 아, 맞고 온 것치곤 너무 말끔한가? 조금 손을 봐 줘야 하나?"

영웅의 말에 누가 뭐랄 것도 없이 바닥에 엎어져서 다시 빌기 시작했다.

"아닙니다, 제발! 엉엉!"

"저, 절대로 그럴 일은 없습니다, 흑흑흑!"

서러움이 복받쳤는지 울기 시작했다.

"뚝."

순식간에 사방이 조용해졌다.

"원래대로라면 제약을 거는데, 너희는 그냥 보내 줄게. 제약을 걸면 배신을 못 하니까. 그러면 재미가 없잖아? 보니까 짱짱한 집안들 같은데 제발 다른 마음 좀 먹어 줬으면 좋겠어, 알았지?"

악마였다.

다들 두려운 얼굴로 영웅을 바라보는데 공장 한쪽에 있는 문이 열리면서 누군가가 들어왔다.

일제히 고개가 돌아갔다.

"하하, 하도 안 나오시길래…… 다 끝나셨습니까?"

"아, 대충. 미안, 네가 있는 것도 깜박하고 집중했네."

"아, 아닙니다. 대충 보니 교육 중이셨던 모양입니다."

"응, 나한테 복수하네, 어쩌네 하길래."

그렇게 말하고는 부동자세로 서 있는 다섯 명을 바라보며 말했다.

"그럼 부탁해!"

윙크까지 하면서 손을 흔들고 밖으로 나가는 영웅이었다.

그런 영웅을 보며 몸을 부르르 떠는 다섯 명.

천민우는 그냥 따라가려다가 걸음을 멈추고 아이들을 바라보았다.

"S급인 나도 저분에게는 한 방이거늘. 똑똑히 기억해라, 나 천민우가 저분의 뒤에 있다는 것을."

그리고 다시 발길을 옮겨 밖으로 나갔다.

"레, 레드 그룹 처, 천민우!"

"저, 저 괴물이 모시는 사람이 있다고?"

"처, 천민우라면 우, 우리 아버지도 한 수 접어준다는 괴물이야."

"크읔! 잠재력만으로는 SSS급을 능가한다고 평가받는 괴물이…… 모시는 인간이라니."

이내 영웅에게까지 생각이 미친 그들은 고개를 끄덕였다.

어찌 되었든 자신들은 이제 지옥에서 벗어났다.

안도의 한숨을 쉬며 바닥에 다들 주저앉는데 문이 열렸다.

천민우가 다시 온 것이다.

"무, 무슨 일이십니까?"

"호, 혹시 저희를 다시 부, 부르시는 건……?"

다들 초긴장한 표정으로 천민우의 입이 열리기만을 기다렸다.

천민우는 그런 아이들의 모습에 씩 웃고는 수첩과 볼펜을 꺼내서 건넸다.

"전화번호랑 이름 적어. 받아 오라 하신다."

"헉! 저, 정말요?"

"아, 안 적으면……."

한 명이 덜덜 떨면서 묻자 천민우가 웃으며 말했다.

"안 적으면? 다시 오신다는데? 당신이 다시 오면 처음부터 다시 시작이라고……."

말이 끝나기 전에 수첩에 맹렬하게 숫자와 이름을 써 내려가는 이들이었다.

⊷⊶

각성자 학교 애들과 트러블이 있고 며칠 후.

영웅은 천민우에게 보고를 받고 있었다.

선글라스와 마스크를 낀 채였다.

괜히 다른 사람들 눈에 띄어서 주목받고 싶지 않았고, 아직은 세상에 모습을 드러낼 때가 아니었기 때문이다.

"일단 주군께서 주신 돈은 전부 해외에 있는 금융 쪽에 투자했습니다."

"응, 잘했어. 잘 모른다더니 용케 잘 진행했네?"

"하하, 제가 뭘 아나요. 믿을 만한 투자회사에 맡겨 두었습니다. 투자회사의 실무자가 오늘 이곳으로 올 것입니다."

"그래, 잘했어. 전문가한테 맡겼다니 안심이네."

"감사합니다."

천민우는 공손한 자세로 영웅을 대했다.

문제는 그 모습을 다른 이들에게 주저 없이 보인다는 것이다. 지하 세계에서 알아주는 강자인 천민우가 모시는 주인이 있다는 것을 지금 안 사람이 많은 듯 보였다.

어찌 아느냐고?

눈이 튀어나오기 일보 직전이었으니까.

시선이 불편했던 영웅은 주변을 가리키며 물었다.

"그런데 이들은 누구야?"

"아! 주군, 제 밑에 아이들입니다. 인사드려라, 나의 주군이시다!"

천민우의 말에 다들 머뭇거리며 쉽사리 인사를 하지 못했다.

그 모습에 천민우의 미간이 일그러졌다.

"이 자식들이 지금 주군 앞에서 뭐 하는 거야! 빨리 인사 올리지 못해! 내가 알려 준 대로 빨리 인사 올려!"

"처, 천하를 제패하실 위대하신 주, 주군께 인사 올립니
다!"

낯부끄러운 인사를 아무렇지 않게 시키고 있었다.

영웅은 이마를 짚으며 말했다.

"저건 좀 과한데?"

"과하다니요! 절대 그렇지 않습니다!"

절대적인 충성이 깃든 눈빛으로 자신을 바라보며 말하는
그를 보자 순간 개가 떠올랐다.

왠지 꼬리가 있다면 보이지 않을 정도로 흔들 것 같은 모
습이었다.

"그래도 남들 앞에서는 좀 자제해 줄래? 내가 불편하니
까."

"주, 주군께서 불편하셨습니까? 시, 신이 자, 잘못을!"

"됐어. 네 맘은 충분히 알았으니 다음부터는 간단하게 하
자, 간단하게."

"네!"

뭔가 이상한 쪽으로 바뀌고 있는 천민우였다.

공손하게 대답하는 천민우, 그리고 그런 그를 믿을 수 없
다는 표정으로 바라보는 사람들이었다.

영 불편한 마음에 인상을 찡그리고 있는데 문이 열리며 새
로운 얼굴이 들어왔다.

"형님, 저 왔습니다!"

들어오자마자 천민우에게 90도로 인사를 하는 남자.

"오, 왔어? 여기로."

성큼성큼 걸어오는 남자.

뿔테 안경을 끼고 포마드로 단정하게 머리를 정리했다.

값비싸 보이는 정장에 롤락스 시계까지.

"주군, 이놈이 바로 그놈입니다. 주군께서 맡기신 자금의 투자를 모두 이놈이 진행하고 있습니다."

"주군, 저도 받아 주십시오! 저는 여기 형님의 동생 천민성이라고 합니다!"

형제였다.

어쩐지 처음 보는데도 어디서 많이 본 것 같더라니.

"날 뭘 믿고 모신다는 거야?"

"형님에게 말씀 들었습니다. 세상을 지배하실 분이라고요. 저도 그 걸음에 동참하고 싶습니다."

뭔가 큰 오해를 하는 것 같았다.

그렇다고 그것을 정정해 줄 마음은 없었다.

"그래, 그러든지."

"감사합니다! 모든 것을 바쳐서 충성하겠습니다, 하하하. 사실 사극 같은 것을 보면서 이런 것을 꼭 해 보고 싶었는데 이렇게 소원 성취를 하는군요, 하하하."

이놈도 제정신은 아니었다.

그러다가 문득 각성자 학생들과 했던 대화가 떠올랐다.

"아, 궁금한 것이 있는데."

"네, 말씀하십시오."

"어제 나에게 교육받은 애들이 하는 말을 들었는데 백두회? 뭐 그런 이름을 말하던데 문파 같은 건가?"

자신의 집안을 가만두지 않겠다면서 자신은 백두회의 회장 아들이라고 말한 게 떠오른 것이다.

"그거 말씀이시군요. 네, 문파 같은 거라 보시면 됩니다. 다른 나라에서는 길드 또는 클랜이라고도 부르는 집단이지요. 백두회는 대략 7위 정도에 위치하고 있습니다."

"7위? 기업이랑은 다른 건가?"

"음, 기업은 이익을 추구하지만 길드는 힘과 권력을 추구하지요."

"천강 그룹은 어느 정도 위치에 있지?"

영웅은 그것이 궁금했다.

"천강 그룹은 대략 20위 정도에 있다고 보시면 될 것 같습니다."

"그렇게 아래쪽에? 재계 서열 7위로 알고 있는데?"

"이쪽 세상은 돈이 아니라 무력이 우선이니까요. 재계 쪽은 무력보단 아무래도 돈을 우선시하니 순위가 많이 떨어집니다."

영웅은 고개를 끄덕였다.

"그럼 너는?"

영웅이 자신을 가리키며 묻자 천민우가 뒷머리를 긁적이며 대답을 하지 못했다.

쑥스러워하는 것을 보니 꽤 높은 쪽인가 보다.

그 모습에 옆에 있던 천민성이 답답했는지 나서서 대답해주었다.

"형은 길드 서열 3위입니다. 아, 한국에 한정해서 말이죠."

"레드 그룹이 길드였어?"

"네, 처음엔 길드로 시작했다가 음지의 일들을 여럿 처리하다 보니…… 규모가 커져서 그룹이 되었습니다."

"그럼 1위는 어디고, 2위는 어디야?"

"1위는 각성자 협회죠. 2위는 천지회라고 무인 각성자들이 모인 세력이 있습니다. 한국에서는 이들이 진짜죠."

"협회보다 더 강한 건가?"

"협회는 그냥 연합의 성격이다 보니 여기저기서 지원을 받는 것이고, 천지회는 단일 세력으로 최강의 집단입니다. 심지어 천지회장은 베일에 가려진 인물입니다. 그의 등급이 얼마인지, 얼마나 강한지 그 어떤 것도 공개된 것이 없습니다."

"그럼 천지회는 세계로 치면 위치가 어느 정도지?"

영웅의 질문에 천민성이 천민우를 바라보았다.

아마도 그 부분에 대해선 자세히 모르는 눈치였다.

"천지회는 대략 40위 정도에 자리 잡고 있습니다."

"응? 한국 최고라며?"

"그것이 한국의 현실입니다."

한국 최강의 길드가 세계로 나가니 40위쯤에 자리 잡고 있다. 그 얘길 하면서 죄지은 사람처럼 고개를 숙이는 천민우였다.

그 모습에 영웅이 피식 웃으며 말했다.

"뭘 그렇게 풀이 죽어 있어. 걱정하지 마. 내가 있잖아. 다 덤비라고 해. 아주 잘근잘근 씹어 먹어 줄 테니까."

영웅의 말에 천민우의 표정이 환해졌다.

"맞습니다. 이제 주군께서 계시니 우리나라가 세계 최강입니다!"

어린아이 같은 표정으로 변한 천민우를 보며 영웅은 피식 웃으며 입을 열었다.

"대충 어떤 식으로 세력이 이루어졌는지 알겠어. 그 이야기는 다음에 하기로 하고, 일단 오늘 모인 이유에 관해 이야기하자."

"알겠습니다."

영웅과 천민우의 대화에 천민성이 다른 이들을 전부 내보냈다. 이제부터 하는 이야기들은 기밀이었기 때문이다.

사람들이 우르르 나가자 그제야 영웅은 마스크와 선글라스를 벗었다.

천민성이 자신에게 맨얼굴을 보이는 영웅을 보며 감격해한 것은 덤이었다.

"한 비서에게 전략팀을 만들라고 했어. 너희는 내가 언제든지 투자를 할 수 있도록 자금을 불려서 준비해 놔."

"알겠습니다. 다만 이번에 투자하면서 가지고 있던 금액을 전부 써 버렸습니다. 혹시 더 있으신지……."

천민성의 말에 영웅이 물었다.

"더? 전에 준 것만큼 주면 처리 가능해?"

"헉! 전에 주신 것만큼 더 있습니까?"

"내가 말 안 했던가? 조금만 줄 테니 처리해 보라고 한 거 같은데?"

"그게 정말이었습니까? 저, 저는 그냥 농인 줄 알고……."

사실 정상적인 사람이라면 천민우 같은 생각을 하는 것이 맞다. 영웅이 그때 꺼낸 금괴들만 해도 개인이 가지고 있기엔 엄청난 양이었기 때문이다.

하지만 영웅은 대수롭지 않게 손으로 원을 그리며 자신의 4차원 공간을 소환하고 그 안으로 들어갔다.

"저런 걸 하는데 정말 각성자가 아니라고요?"

"그렇다니까. 이제 믿겠냐, 주군께서 얼마나 대단한 분인지?"

천민성은 처음 보는 광경에 놀람을 감추지 못했다.

잠시 후 영웅은 전의 양만큼 금을 꺼내어 왔다. 허공에 둥

둥 뜬 채 줄지어 나오는 수많은 금괴를 넋 놓고 바라보는 두 사람이었다.

"아, 드럽게 귀찮네. 빨리 돈을 벌든가 해야지."

영웅이 나오며 투덜거리자 어이없는 표정으로 그를 바라보았다.

"자, 일단 이걸로 당분간 버텨 봐."

버티는 게 아니라 이 정도면 웬만한 중견 기업을 살 수 있는 금액이었다.

그보다 더 놀란 것은 영웅이 금괴를 꺼낼 때 한 행동이었다.

"여, 염동력!"

저 무거운 금괴들을 아무렇지 않게 공중에 띄워서 나온다는 것은 그 능력밖에 없었다.

물론 무공을 다루는 각성자들이 가끔 사용하기는 하지만 저렇게 아무렇지 않게 사용하진 못했다.

"염동력이라니! 염동력까지 사용하는데 각성자가 아니라고요? 그것을 지금 믿으라는 말입니까?"

천민성이 말도 안 된다는 표정으로 소리쳤다.

그러자 영웅이 품 속에 무언가를 꺼내 던졌다.

안경이었다.

"그걸 끼면 각성자인지 아닌지 알 수 있다더라."

영웅이 준 안경을 본 천민우는 경악했다.

"헉! 이, 이건 만물의 눈! 이건 유니크 아이템인데, 각성자
도 아니시라면서 이건 어찌?"

"어쩌다 보니 얻게 되었어. 근데 그게 뭔데?"

"스, 스카우터의 일종입니다! 상대방의 전력을 볼 수 있게
해 주는 아이템이지요. 그중에서도 최상위에 속하는 템입니
다. 이런 걸 어쩌다가 얻었다고요? 아니…… 일반인이시라
면서요."

"아, 시비 거는 놈들이 있길래 몇 대 쥐어박고 보상품으로
가져왔어."

천민우와 천민성은 서로를 바라보았다.

방금 영웅이 한 말이 무엇을 뜻하는지 알았기 때문이다.

저런 아이템을 가지고 있다면 상대는 못해도 S급 각성자
였을 것이다.

그런데 대수롭지 않게 몇 대 쥐어박고 뺏어 왔다고 당당하
게 말하고 있었다.

심지어 저 아이템은 착용자의 능력을 30%, 올 스텟을 10
올려 주는 템이었다.

"그, 그 사람이 저걸 착용하고 있었습니까?"

"응. 나더러 일반인이네 뭐네 하면서 죽이려고 오더라고.
그래서 가볍게 밟아 줬지. 더럽게 약하더라."

절대 약하지 않았을 것이다.

영웅이 비상식적으로 강한 것이다.

각성도 하지 않았는데 이런 무력이라니.

"왜?"

영웅은 대수롭지 않게 말했지만 천민우의 표정은 그게 아니었다.

"이것을 얻기 위해선 레드 웜홀에 입장해야 합니다. 트리플A급 각성자들도 만반의 준비를 하고 각오를 다진 후에야 입장하는 곳이죠."

레드 웜홀.

웜홀에도 등급이 있었다.

가장 쉬운 초보자용이 옐로, 그다음이 그린이었다.

중급은 블루, 중상급은 오렌지, 그리고 상급은 레드였다.

상급은 트리플A 등급 이상만 입장이 가능했다.

S급도 쉽게 볼 수 없는 웜홀이 바로 상급이었다. 그만큼 위험한 곳이다.

그런데 스카우터는 레드 웜홀 이상 등급에서만 나왔다.

하지만 영웅의 관심사는 그것이 아니었다.

그 어디서도 알려 주지 않는 사실.

바로 웜홀 속 세상에 관한 것이다.

"거기에는 뭐가 있어? 진짜 나 같은 일반인은 못 들어가나?"

영웅이 초롱초롱한 눈빛으로 물어봤다.

그 모습에 천민우는 피식 웃고 말았다.

지금 영웅은 유니크템이라는데도 전혀 반응을 보이지 않았다.

아무렇지도 않게 던져 준 이 아이템은 지금 바닥에 깔린 황금의 30%를 써야 겨우 구할 수 있었다.

하지만 알았다 해도 반응이 크게 다르진 않았을 것 같다.

"주군, 이 아이템의 가격이 얼만지 아십니까?"

"얼만데?"

"정말 모르시는 겁니까?"

천민성이 어이가 없다는 표정으로 물었다.

"비싸? 그래 봐야 전투력 측정해 주는 기계 아냐?"

"주군, 단순히 전투력만 측정해 주는 기계가 아닙니다. 착용자의 무력을 무려 30%나 상승시켜 준다고요. 거기에 각성자들 스텟도 10씩이나 올려 주는 사기템입니다. 그래서 가격이 150억이나 하는 물건이란 말입니다."

"그래? 의외로 비싸네."

시큰둥하게 대답하는 영웅을 보고 천민성은 다시 한번 어이가 없는 표정을 지었고, 천민우는 웃음을 터트렸다.

자신이 예상했던 반응이었기에.

영웅은 대수롭지 않게 천민우에게 말했다.

"너 가져. 난 쓸데가 없네."

"가지고 계시면 언젠가 쓸 일이 있지 않겠습니까."

"응, 써 봤는데 나한테는 작동을 안 하더라고."

"아, 깜박했군요. 그곳에서 나오는 아이템들은 각성자들만 사용 가능합니다. 가드륨을 제외하고요."

"그래서 나한테는 무쓸모라고. 있어 봐야 쓸데도 없고."

"그래도 언젠가는 쓸 일이 있으실 겁니다. 주군께서 소지하고 계십시오."

5장

천민우의 말에 영웅은 결국 고개를 끄덕이며 안경을 다시
품 안으로 넣었다.

무슨 안 쓰는 장난감 버리듯 자신에게 저 안경을 주려고
한 영웅이었다. 분명히 150억의 값어치가 있는 보물이라고
말해 주었음에도 말이다.

그런 모습이 더 천민우의 마음을 사로잡았다.

'역시 내가 사람을 제대로 봤다, 하하하.'

"저 금괴 중 절반은 너 가져라. 그동안 고생한 값이다."

영웅의 말에 천민우가 깜짝 놀랐다.

"네? 저, 저걸 말입니까? 제, 제가 어찌?"

"일했으면 보수를 받아야지. 받아, 앞으로 많이 부려 먹으

려고 미리 약 치는 거니까."

"가, 감사합니다."

"주, 주군, 저, 저는요?"

"넌 다음에 또 생기면 그때 줄게."

"야, 넌 오늘 주군을 첨 보고서 욕심도 많다. 나처럼 공을 세우고 와서 말해."

"뭔 소리야! 투자는 내가 다 했는데! 주군, 저 형은 저한테 종이 넘겨준 게 답니다."

"야, 저 금괴를 돈으로 바꾸는 게 쉬운 줄 알아? 그 돈이 있었으니까 네가 투자를 할 수 있었던 거지. 불만이냐? 오늘 한번 뜰까?"

천민우가 인상을 일그러뜨리며 말하자 천민성이 고개를 푹 숙이며 한발 물러섰다.

"아, 알았어."

역시 영웅은 이런 시끌벅적한 분위기가 더 좋았다.

"그만 싸우고 말해 봐, 웜홀 안의 세상에 대해서."

영웅의 물음에 천민우가 입을 열었다.

"그곳은 전부 다른 세상입니다. 어떤 곳은 동양 같은 곳이고, 또 어떤 곳은 서양이고, 사막도 있으며 추운 지방도 있습니다. 온갖 처음 보는 괴물들이 득실거리는 곳도 있고 우리같이 평범하게 살아가는 인간들이 있는 세상도 있죠."

"우와, 완전 게임이네."

"네, 맞습니다. 그게 더 이해가 쉽겠네요. 게임 속 스테이지로 이동하는 것과 같다고 보시면 됩니다. 웜홀의 색은 그 난이도를 뜻하고요."

"아, 그렇구나. 그럼 일반인은 왜 못 들어가지?"

"그건 아직 밝혀지지 않았습니다. 다만 일반인이 그곳으로 뛰어들면 들어가지지 않고 그냥 거부당해 버립니다."

"신기하네. 무슨 원리지?"

"그러게 말입니다. 생겨난 지 30년이란 시간이 지났지만, 아직도 밝혀지지 않은 것이 너무 많습니다."

"웜홀은 현재 생성된 것 말고는 없나?"

"보통은 그렇죠. 대격변이 일어날 때 우후죽순으로 생깁니다."

대격변.

5년 주기로 찾아오는 현상이었다.

그때엔 지구에 엄청난 기현상이 찾아온다. 온 지구가 검은 하늘로 변하고 천둥과 번개를 동반한 기상이변 현상이 일어난다.

그리고 번개가 집중적으로 내려치는 곳에는 웜홀이 형성되었다.

사람들은 이 현상을 대격변이라고 지칭했다.

문제는, 대격변 때 이상 웜홀이 생겨나는데 그곳에서 엄청난 수의 몬스터가 튀어나온다.

몬스터의 강함은 제각각이었기에 철저하게 그날을 대비해 준비하고 있었다.

딱 한 번.

보라색 웜홀이 생성된 적이 있었는데 그때 지구가 멸망할 뻔했었다. 지구에 있는 모든 각성자와 무기, 핵까지 동원해서 겨우겨우 막았다.

그 후로 각성자 중 전투를 목적으로 하는 헌터라는 직업이 생겨났다. 그들은 앞으로 다가올 대격변을 위해서 계속 단련했다.

오늘도 수많은 웜홀에서 열심히 단련에 단련을 하고 있을 것이다.

그 외의 각성자들은 그런 헌터들을 지원하기 위해 활동하고 있었다. 그것이 바로 천강 그룹 같은 기업들이었다.

"이번 대격변 때는 다행히도 몬스터가 튀어나오는 웜홀이 없었습니다. 그래서 무사히 넘어갔지만 앞으로 4년 후에 올 대격변에서 무슨 일이 있을지……."

천민우는 설명을 끝내고 영웅을 힐끔 쳐다보았다. 영웅 역시 지금 자신의 이야기에 긴장하고 두려움에 빠져 있을 것이란 생각에서였다.

하지만 그것은 자신의 착각이었다.

"우와와, 대격변! 그래, 책에서 봤어. 4년이라, 하하하! 두근두근하네."

신나 있었다.

"저, 저기, 주군⋯⋯."

"어서 그날이 왔으면 좋겠다! 그럼 웜홀 중 하나는 우리가 슬쩍할 수 있다는 거잖아!"

"네?"

이제 보니 목적이 다른 곳에 있었다.

"그럼 그것을 연구할 수 있겠지? 나도 들어가 보고 싶다고! 아, 궁금해 죽겠네! 진짜!"

영웅의 말에 천민우는 황당한 얼굴을 하고 있다가 표정을 바로잡고 물었다.

"주군, 외람되지만 주군의 무력이 어느 정도인지 여쭤봐도 되겠습니까? 세계 최강인 점은 알고 있지만 정확한 힘을 모르겠습니다."

"내 무력? 어느 정도냐니?"

"위력 같은 걸 말하는 겁니다."

"위력이라⋯⋯ 웬만한 행성을 박살 낼 수 있지."

"⋯⋯네?"

잠시 머릿속에서 혼돈이 왔다.

자신이 뭘 잘못 들었는지 이해가 되지 않았다.

그것은 옆에서 듣고 있던 천민성도 마찬가지였다.

"자, 장난치지 마시고요. 진지합니다, 주군."

"장난으로 보여? 진짜야. 지구를 박살 내서 보여 줄 수도 없고, 진짜 답답하네."

저 말이 사실일까?

엄청나게 흥분하는 것을 보니 사실 같기도 했다.

"그게 말이 됩니까? 행성을 박살 내다니요! 그, 그런 엄청난 짓은 레전드 등급도 불가능합니다!"

"난 가능하다니까? 그런데 레전드 등급은 또 뭐냐? SS보다 더 위가 있어?"

영웅의 말에 천민우가 잠시 눈을 껌벅이다가 한숨을 쉬며 말했다.

"주군께서는 정말로 아무것도 모르시는군요."

"응, 책에선 그런 건 알려 주지 않으니까."

"사실 그게 맞습니다. 그 등급들은 기밀이니까요. 제 위로 SS급이 있고, 그 위로 또 SSS급이 있습니다. 그리고 그 위에 레전드 등급이 있지요."

"많기도 하네. 뭘 그렇게 복잡하게 나눠 놨대?"

"하하, 제가 뭘 알겠습니까. 하지만 국가들이 서로 자신들의 무력을 자랑하기 위해 만든 거 아닐까 합니다. 어느 순간 저렇게 나뉘는 것으로 굳어졌습니다."

"SS급, SSS급은 많나?"

영웅의 질문에 천민우는 고개를 저으며 대답했다.

"아닙니다. 그들은 소수입니다. SS급은 전 세계적으로 4백 명이 안 되고, SSS급은 1백 명 내외입니다. 레전드급은 전 세계에 딱 3명 존재합니다."

"흥미롭네. 하지만 나는 웜홀, 웜홀이 궁금해! 들어가 보고 싶어! 뭔가 방법이 없을까?"

"사실 일반인이 웜홀로 들어갈 수 있도록 해 주는 아이템이 존재하긴 합니다. 하지만 국가가 직접 관리하는지라 구하기 쉽지 않습니다."

어찌 되었든 방법이 있다는 말이었다.

그 대답에 영웅의 기대감이 극한까지 치솟았다.

'털어 버려? 지금 당장이라도 들어가 보고 싶은데…… 조금만 더 참자. 언젠가 기회가 있겠지.'

각성자 협회를 털까 생각했던 영웅은 초인적인 인내심으로 참았다.

영웅이 무언가를 꾹 참는 표정을 짓자 천민우가 잠시 고개를 갸웃거리다가 조금 전에 물었던 질문을 이어서 물었다.

"흠흠. 주군, 행성을 부수는 것 말고 사용 가능한 기술은 뭐가 있으십니까? 염동력과 하늘을 나시는 건 봤습니다."

"음, 순간 이동. 어디가 되었든 위치만 알면 갈 수 있지. 그리고 이것도 능력에 속하나? 우주에서 자유롭게 다닐 수 있고, 태양 속에서도 아무렇지 않게 생존할 수 있지."

갈수록 가관이었다.

"아, 이것도 가능하다."

영웅의 눈이 순식간에 붉게 변하더니 붉은 빛줄기가 일직

선으로 날아갔다. 창문을 순식간에 녹이고 하늘로 사라졌다.

"눈으로 레이저. 그리고 리스토어라고, 죽지만 않는다면 원상 복구시킬 수 있지."

얼씨구, 듣자 듣자 하니까 점점?

그래, 레이저는 인정이다. 리스토어도 자신이 직접 경험했으니 인정이었다.

싸늘한 눈빛이 느껴지지 않는지 영웅은 신이 나서 얘기를 계속했다.

"그리고 그 무엇으로도 상처를 낼 수 없는 나의 신체. 그 외에도 많은데 뭐 다 이 정도 급이야."

"……."

"……."

"왜? 다들 말이 없어?"

"아닙니다. 그냥 강하다는 정도로만 알고 있겠습니다. S급인 저를 한 수에 제압하셨으니, 음, 역시 레전드를 능가하시겠네요."

"뭐…… 알아서들 생각해. 나 간다."

영웅은 딱히 믿거나 말거나 신경 쓰지 않는 표정으로 방문을 열고 나갔다.

남은 둘은 서로를 바라보고는 조용히 고개를 저었다. 아무래도 허풍이 좀 심한 주군을 만난 것 같아서였다.

어느덧 시간은 흘러 새해가 밝았다.

영웅은 수능 시험에서 만점을 받아 부모님을 기쁘게 해 드렸다. 또한 천강대학교에 입학하면서 아버지를 환하게 웃게 했다.

"하하하하, 우리 아들이 이 아비를 위해서 천강대학교에 입학하다니, 이런 날도 오는구나."

"그러게요, 여보. 세상 참 오래 살고 볼 일이에요. 마지막으로 기회를 준 것이 신의 한 수였어요."

"그렇소. 어휴, 그때 영웅이를 믿지 않고 쫓아냈다면…… 이런 날도 없었겠지."

"맞아요. 후회와 원망만 가득한 날들이었겠죠."

"아비로서 해 줄 건 없고 그렇지, 하하하. 대학 생활은 여유 있게 하라고 카드를 업그레이드해 줘야겠군."

그러더니 어디론가 전화를 했다.

"어, 난데, VVIP 카드 하나 준비해서 가져와."

할 말만 하고 끊은 강백현은 연신 즐거운 미소를 지으며 술을 마셨다.

"카드 바꿔 주시려고요?"

"에이, 이제 성인인데 돈 쓸 곳이 얼마나 많겠소. 그리고 괜히 한도 작은 카드 줬다가 한도 초과 떠서 창피를 당하는 것보다 낫지."

"하긴 그러네요. 잘하셨어요."

두 부부는 영웅으로 인해 행복한 시간을 보내고 있었다.

저녁이 되고 영웅이 집에 들어오자 격하게 반기는 부모들이었다.

"다녀왔습니다."

"우리 아들 왔는가, 하하하하."

평소보다 과하게 반기는 부모님을 보며 살짝 당황한 영웅이었다.

영웅은 갑작스러운 부모님들의 환대에 눈치를 보며 자리로 이동했다.

"하하! 녀석, 왜 아비 눈치를 보고 그러냐. 이번에 천강대학교에 원서를 넣었다면서?"

"아, 벌써 들으셨어요? 어차피 갈 거면 그래도 천강재단에서 운영하는 학교를 들어가는 것이 낫겠다 싶어서요."

"고맙다! 하하, 네 녀석 덕분에 이 아비가 요즘 주변에서 축하 듣는다고 바쁘단다."

"가, 감사합니다."

이곳에 온 뒤로 처음 보는 모습이었다.

저렇게 행복해하는 부모님과 자신을 칭찬하는 모습을 보니 마음이 따뜻해졌다.

그러다가 강백현이 무언가를 꺼내 영웅에게 내밀었다.

"자, 아들내미 대학 선물이다. 앞으로는 이걸로 사용하거라."

강백현의 손에는 카드 두 장이 들려 있었다.

"이게 뭡니까?"

"하나는 신용카드다. VVIP용이니 기존에 쓰던 것보다 훨씬 좋을 거다. 그리고 또 하나는 현금카드다. 앞으로 용돈은 그 통장에 넣어 둘 테니 알아서 뽑아 쓰거라."

"가, 감사합니다."

"하하하, 우리 막둥이가 이 아비를 이렇게 즐겁게 하는 날이 오다니. 하하하."

"호호호, 그러니까요."

"하하……."

영웅은 이 분위기가 적응되지 않는지 어설픈 웃음을 지었다.

그래도 기분은 좋았다. 이 세상에 온 뒤로 처음 보는 부모님의 기뻐하는 모습이었으니까.

"그래, 이제 대학생이 되었으니 슬슬 회사 일도 배워 봐야 하지 않겠느냐?"

강백현이 영웅에게 넌지시 말을 했다.

영웅은 살짝 미소 지으며 말했다.

"형들과 누나가 잘하고 있는데 제가 가서 뭐 할 게 있나요."

"하하! 이 녀석아, 그래도 나중에 계열사라도 하나 받으려면 지금부터 경험해야 한다. 지금도 늦었어, 이놈아."

"그래, 아버지 말이 맞아. 다른 애들은 중학교 때부터 시작했어."

"일단 1학년은 대학 생활을 해 보고 싶었어요."

"하하하! 그렇지, 그렇지. 대학 생활 해 봐야지. 알았다, 나중에 다시 이야기하자꾸나."

두 사람에게 인사를 하고 방으로 들어온 영웅은 한숨을 쉬었다.

천강 그룹으로 들어갈 마음이 조금도 없었기 때문이다.

그곳은 이미 형제들이 장악을 한 곳이다.

괜히 자신이 들어갔다가는 안 그래도 사이가 안 좋은데 거기에 기름을 부을 게 뻔했다.

'빨리 독립을 해야겠어.'

일단은 집에서 나가는 것을 목표로 삼은 영웅이었다.

영웅이 대학 생활을 시작한 지도 어느덧 1달이 지났다.

"영웅아, 같이 가자!"

영웅을 애타게 부르며 달려오는 사람은 대학에 와서 사귀게 된 친구다.

딱히 영웅이 사귀려고 사귄 것은 아니고, 어찌나 친근하게 달라붙던지 결국 영웅이 고개를 흔들면 친구로 받아 준 케이스다.

그의 이름은 정하준.

호남형 얼굴에 성격이 엄청 활달해서 다들 그를 좋아하며 따랐다.

"헉헉! 야, 같이 좀 가자니까 뭘 그렇게 빨리 걸어."

"뭘 새삼스럽게. 내 걸음 빠른 거 이제 알았냐?"

처음에는 어색했지만 지금은 적응이 되었고, 무엇보다 처음으로 생긴 평범한 친구라는 사실이 그를 편하게 했다.

"야, 과제 다 했냐? 어휴, 나는 아무리 쥐어짜도 안 되겠던데."

"난 다 했지. 그게 뭐 어려운 거라고."

"야, 나는 너 같은 천재가 아니라고! 아니, 수능 만점 받은 새끼가 여긴 왜 와서 사람 기를 죽이고 그러냐? 서울대를 가라고 서울대, 아니면 카이스트를 가든지!"

"내 맘이다, 내가 어디를 가든."

"어휴, 말을 말자. 그건 그거고 오늘 미팅 안 잊었지?"

"아, 맞다! 미팅…… 하아, 그거 꼭 나가야 하냐?"

"미친놈, 남들은 서로 하려고 난린데 배부른 소리 하고 자빠졌네. 너는 인마, 친구 잘 둔 줄 알아."

며칠 전 미팅을 잡았다며 무조건 참석하라고 통보했다.

황당한 소리에 그게 뭔 말이냐고 묻는데 그냥 끊어 버린 놈.

"뭐야, 너 진짜 나가기 싫은 눈빛인데? 사실이냐?"

　정하준의 물음에 영웅이 고개를 끄덕였다.

"장난해? 어후, 얼굴만 못났으면 빼는 건데……."

　이유가 그거였냐?

　정하준이 자신의 몸을 감싸며 말했다.

"너…… 설마…… 날 좋아하는 건 아니지?"

"뒈질래?"

"하하하, 아니면 됐다. 난 또 널 피해 다녀야 하나 고민했잖냐."

　웃으며 어깨에 손을 올리는 하준을 보며 영웅은 피식 웃었다.

"어? 저기 잘난 척 대마왕 지나간다."

　정하준이 가리킨 방향에는 멋진 스포츠카가 요란한 배기음을 울리며 지나가고 있었다.

　학교에 평범한 사람들은 구경도 하기 힘든 고가의 스포츠카를 몰고 다니며 자신의 부를 자랑하는 사람이 있었다.

　그는 자신이 입은 옷이 얼마고, 시계가 얼마고, 신발이 얼마라고 자랑하고 다니기도 했다.

"돈이 많은 건 알겠는데 그래도 저렇게 대놓고 생색내면서 다니고 싶을까?"

"내버려 둬. 이런 사람도 있고, 저런 사람도 있는 거지."

"얼씨구? 성자 나셨네."

둘은 잡다한 이야기를 하며 교실로 들어섰다.

교실로 들어서자 조금 전에 스포츠카를 몰고 지나가던 놈이 둘에게 다가왔다.

"야, 너희들 미팅한다며! 나도 데려가!"

"뭐? 이시우, 너 나랑 친하냐? 우리 오늘 처음 말 섞는 사이야."

"오, 내 이름 알고 있구나? 이제부터 친해지면 되지, 안 되냐?"

이놈도 만만치 않은 놈이었다.

"돈 많은 친구 하나 둬서 나쁜 거 없을걸. 내가 물주 돼 줄게, 어때? 이제 마음이 좀 가냐?"

대놓고 자신이 물주가 돼 주겠다고 선언하고 있었다.

"집에 돈이 많은가 봐?"

정하준의 말에 이시우가 웃으며 말했다.

"많지. 내 돈은 아니지만, 용돈을 일반 직장인들이 받는 연봉만큼 받고 있지. 이 정도면 물주 자격 있지 않냐?"

"아니, 많고 많은 애들 중에 왜 하필 우리한테 붙는 건데?"

"너희가 제일 좋아 보여서?"

"뭐?"

이시우의 말에 영웅과 정하준이 이해가 안 된다는 표정으로 바라봤다.

그 모습에 이시우가 이해한다는 표정으로 웃으며 말했다.

"너희가 가장 편해 보였다고. 다른 애들은 나를 어려워하고 거리를 두는데 너희의 눈빛은 그게 아니란 말이지. 뭐랄까…… 그냥 같은 학우를 보는 느낌?"

"같은 학우니까 그렇게 보지, 그럼 뭘 어떻게 보냐?"

"이래서 서민들하고 대화가 안 돼요. 너희는 모르는 그런 눈빛이 있어. 아무튼, 나도 데려가."

막무가내였다.

"야, 인원이 정해져 있는데 너를 어떻게 데려가?"

"한 명 더 데려오라고 해."

"이게, 씨!"

둘이 티격태격하고 있을 때 영웅이 말했다.

"나 대신 네가 가라."

"야, 안 돼!"

"맞아, 너도 가야 해!"

"뭐?"

"나는 너희랑 친구 하겠다고 마음먹었단 말이지."

"그게 마음먹는다고 되는 거냐?"

"안 될 건 또 뭔데? 친구가 되려면 뭐 자격증이라도 따야 하나?"

"그건 아닌데……."

"그럼 된 거 아냐? 뭐 누구는 처음부터 절친이냐? 이러면서 친해지는 거지, 안 그러냐?"

영웅을 바라보면서 묻자 영웅이 피식거리며 고개를 끄덕였다.

밉지 않은 캐릭터였다.

자신에게 스스럼없이 다가오는 사람인데 싫을 리가 없었다.

"나는 좋다, 친구 하자."

영웅의 말에 이시우의 표정이 환해졌다.

반면 정하준의 표정은 똥 씹은 표정으로 변했다.

"어이, 친구. 표정 풀어. 내가 미팅에 들어가는 비용 일체 지불한다, 하하하하!"

"그건 당연한 거 아니냐, 네가 물주 한다며. 이제 우리는 돈 안 쓴다. 네가 다 계산해라."

엄청 당당하게 대놓고 말하는 정하준에게 이시우가 멍한 표정을 지었다.

그러다가 웃었다.

"그래, 그러지. 크크, 너희는 진짜 별종이 맞다."

"야야, 됐고, 기다려 봐. 한 명 더 데리고 올 수 있는지 물어볼 테니."

정하준이 전화를 꺼내 들고 나갔다.

이시우는 그런 정하준을 바라보며 웃었다.

잠시 후, 투덜거리면서 문을 열고 들어오는 정하준을 보며 이시우가 다급하게 물었다.

"뭐래, 데려온대? 응?"

"아 씨, 오두방정 좀 떨지 마. 한 명 더 데리고 온대."

"야호, 나도 미팅이라는 걸 해 보는구나!"

"뭐, 지금까지 안 해 봤어? 아니, 왜?"

"하하하, 당연히 해 봤을 것 같은 외모인데 안 해 봐서 놀랐나?"

"뭐라는 거야?"

"아까 말했잖냐, 나를 진정한 친구로 바라보는 인간이 없다고. 그런 애들 데리고 무슨 미팅이냐?"

씁쓸하게 말하는 이시우를 보며 정하준과 영웅은 고개를 끄덕였다.

"하긴, 그런 애들은 너한테 뭔가를 기대하고 접근하는 애들이겠지."

영웅의 말에 정하준이 웃으며 말했다.

"그건 우리도 마찬가지 아냐? 물주 하나 얻겠다고 친구로 받은 건데. 안 그러냐, 물주?"

"그래, 차라리 이렇게 대놓고 말하면 맘이라도 편하지. 그래, 오늘 이 물주가 다 쏜다! 가자!"

호기롭게 나가는 이시우를 영웅이 붙잡았다.

"왜?"

"수업은 받고 가야지…….."

"아…….."

그런 이시우를 보며 고개를 저으며 자리로 가는 정하준이었다.

〰️

그날 저녁.

"하하하, 이제 분위기도 무르익었는데 나가실까요?"

"좋아요!"

미팅의 분위기가 달아오르자 정하준이 자연스럽게 나가는 것을 유도했다.

이시우 역시 신난 표정으로 벌떡 일어나 앞장서고 있었다.

영웅은 시큰둥한 표정으로 마지못해 일어나 뒤따라갔다.

각자 맡은 파트너끼리 찢어져서 움직이기로 했다. 정하준과 이시우는 신난 얼굴로 자신의 파트너와 사라졌다.

문제는 영웅과 영웅의 파트너인 여자였다.

"그쪽은 딱히 여기에 나오고 싶지 않았던 모양이네요?"

여자의 말에 영웅이 고개를 끄덕였다.

"그쪽이야말로."

"하아, 어쩔 수 없었어요. 갑자기 한 명 더 데려가야 한다며 억지로 끌고 와서……. 미안해요, 사실 저는 미팅에 관심이 없었어요. 기분이 나쁘셨다면 사과할게요."

"아닙니다. 저 역시 억지로 끌려온 거라, 저도 사과드리겠습니다."

영웅의 말에 호기심이 살짝 생긴 표정으로 바라보는 여자였다.

"뭐, 받아들일게요. 저도 잘한 것은 없으니까요. 그럼 얘기는 다 한 거죠? 저는 이만 가 볼게요. 그럼 조심히 들어가세요."

손을 흔들고 쿨하게 떠나는 그녀를 보며 영웅은 피식 웃었다.

자신과 같은 생각을 하는 사람과 짝이 되어 다행이라고 생각하면서 말이다.

길거리 한복판에 멍하니 남겨진 영웅은 무엇을 해야 하나 고민했다.

그러다가 방금 헤어진 여인을 뒤에서 은밀하게 미행하는 무리를 발견했다.

'뭐지, 경호원들은 아닌 거 같은데?'

기척 없이 움직이는 것을 보니 각성자들이 분명했다.

각성자들이 은밀하게 미행하는 여자라.

호기심이 동하기 시작했다.

자신의 가방에서 마스크를 꺼내 쓴 뒤 그 뒤를 조용히 따라가는 영웅이었다.

여자가 탄 택시가 도심을 나와 한적한 외곽으로 빠져나갔다. 그 뒤를 검은 승용차들이 따라가고 있었다.

영웅은 하늘을 날아서 그 모습을 지켜보았다.

눈앞에서 수상쩍은 움직임을 봤는데 그냥 갈 수는 없었다.

아니나 다를까 인적이 드문 도로에 들어서자 검은 승용차들이 일제히 속도를 올려 택시 앞을 가로막았다.

끼이이익-!

급정거한 택시를 둘러싸고 승용차에선 검은 양복을 입은 무리가 우르르 내렸다.

딱 봐도 우호적인 분위기가 아니었다.

역시나 자신이 생각했던 대로 여자를 노린 무리였다.

그런데 여자는 대수롭지 않은 표정으로 택시에서 내려 뭐라 말했다.

"여기 택시 기사님은 잘못이 없으니 보내 주죠?"

"크크, 애석하게도 목격자를 남기지 말라는 명이라."

여자는 벌벌 떠는 택시 기사를 보호하는 자세를 취했다.

자연스럽게 자세를 잡는 것을 보니 여자도 각성자였던 모양이다.

"뭐 해, 잡아!"

선글라스를 착용한 남자가 명령을 내리자 뒤에 있던 검은 양복들이 달려들기 시작했다.

그때였다. 여자의 몸에서 거대한 불이 일어난 것은.

화르르륵—!

"역시 소환 계통이었군!"

여자의 뒤에서 거대한 화룡이 모습을 드러내었다.

"흥, 블랙맘바인가요? 저 같은 여자를 데려가서 어쩌겠다는 거죠?"

"하하하, 각성자 협회장의 따님께서 그런 말을 하면 섭섭하지. 조용히 협조해라. 그러면 다치게 하진 않는다. 우리도 나름대로 고충이 있어서 네 아비와 협상을 좀 해야 하는 터라."

"호호호, 우리 아버지를 모르시는군요. 아버지는 저를 버리시는 한이 있어도 당신들과 협상을 하지 않으실걸요."

"그건 두고 봐야 알겠지. 일단은 뭐라도 해야 하는 처지라서 말이지."

"흥, 제가 쉽게 잡힐 것 같나요? 이래 봬도 트리플A급이라고요."

"잘 알지. 그래서 각성자들을 무력화시키는 아이템도 가져왔거든."

남자의 말이 끝남과 동시에 바닥에서 거대한 빛이 일며 그녀를 감쌌다.

동시에 블랙맘바 일당이 그녀를 향해 각성자를 무력화시키는 아이템을 던졌다. 그러자 아이템에서 퍼져 나온 환한 빛도 그녀를 덮쳤다.

두 빛에 휩싸이자마자 그녀의 뒤에 있던 화룡이 삽시간에 사그라들었다.

허무하게 사라진 자신의 힘을 느끼며 그녀가 말했다.

"이익! 저 하나 잡겠다고 전설급 아이템을 쓰시다니요. 너무 손해 보는 장사 아닌가요?"

"크크크크, 네 아비와 해야 할 협상이 그만큼 중요한 것이거든. 얌전히 따라라. 너를 다치게 하고 싶진 않다."

그녀가 할 수 있는 건 그저 노려보는 것밖에 없었다. 이미 몸에 제약이 걸린 상태라 움직일 수 없었으니까.

그런 그녀를 포박하기 위해 남자들이 다가설 때 위에서 목소리가 들려왔다.

"그만. 허락도 안 했는데 숙녀에게 함부로 손을 대면 안 되지."

다들 화들짝 놀란 표정으로 하늘을 바라보았다.

그곳에선 영웅이 마스크를 낀 채 그들을 내려보고 있었다.

"누, 누구냐!"

하늘을 날 수 있는 경지는 절대로 낮은 경지가 아니었다.

최소 SS급은 되어야 가능한 기술이었다. 그런데 지금 저 남자는 그것을 아무렇지 않게 행하고 있었다.

"지나가던 사람이라고 하면 진부하려나?"

"마, 말이 된다고 생각하나?"

"응, 나도 말이 안 된다고 생각하고 있어. 너희 움직임이

수상해서 도시에서부터 따라온 사람으로 정정하지."

"으드득! 협회장이 제 딸에게 붙여 둔 호위구나!"

"그건 너희 맘대로 생각하고, 일단 그녀와 택시 기사님에게 손을 안 대는 것을 추천하지. 내가 착한 사람은 아니라서 말이야."

"무서워서 내려오지도 못하는 놈이 말은 많구나!"

"하! 도대체 내가 기회를 줘도 왜 다들 말귀를 못 알아듣는 건지."

영웅이 천천히 바닥으로 하강했다.

바닥에 착지하자마자 선글라스의 남자가 회심의 미소를 지으며 말했다.

"크크크크, 멍청한 새끼. 그 바닥에는 각성자의 힘을 무력화시키는 아이템이 있다고 방금 말했을 텐데? 그것을 이겨낼 수 있다고 생각한 것이냐?"

"응."

"다들 그렇게 오만하지. 그 아이템은 SSS급도 무력화시키는 전설급 아이템이거든. 네놈은 실수했다."

선글라스의 남자가 비열하게 웃으며 말하자 영웅이 안타까운 표정으로 말했다.

"이거 참, 실망을 주긴 싫었는데, 어쩌지? 나는 각성자가 아닌데? 이거 각성자한테만 소용 있는 아이템 아니야? 나에게는 전혀 지장을 안 주는데? 봐. 작동 안 하네."

"뭐! 가, 각성자도 아닌데 하늘을 날았다고? 그, 그것을 믿으라고 하는 소리냐!"

"사실인데 뭐. 자, 다시 한번 기회를 줄게. 이대로 물러간 다면 그 어떤 일도 일어나지 않는다."

영웅의 말에 다들 이를 악물고 영웅을 향해 몸을 날렸다.

"닥쳐라, 각성자도 아닌데 하늘을 날았다면 뭔가 사술을 사용했을 것이다. 두려워하지 말고 저놈을 산 채로 찢어 발겨 버려!"

뒤에서 선글라스의 남자가 연신 소리를 질렀다.

영웅은 대수롭지 않은 표정으로 말했다.

"각성자가 아닌데 하늘을 날았다면 사술이 아니라, 더 두려운 존재일 거란 생각은 왜 하지 않는 거지? 이해할 수가 없네."

그리 말하며 가볍게 손을 휘둘렀다.

빠각-! 쩍-! 쿠확-!

찰진 소리와 함께 영웅을 향해 달려들었던 검은 양복들이 사방으로 날아가 박혔다.

기절했는지 바닥에서 꿈틀거리는 그들을 뒤로하고, 영웅은 반달눈을 그리며 선글라스의 남자를 향해 걸어갔다.

"그 안경도 각성자를 보여 주는 안경이냐?"

"뭐?"

그 순간 남자는 얼마 전에 조직원들이 반병신이 되어서 돌아온 사건이 떠올랐다.

특이한 건 하나같이 두려움이 가득한 얼굴이었다는 점이다. 조직은 그를 제일 주적으로 삼고 수배령을 내려놓은 상태였다.

"네, 네놈이구나! 우리 조직의 행사를 방해한 인간이!"

"방해라니, 누가 들으면 내가 나쁜 놈인 줄 알겠네."

남자는 태연하게 말하며 다가오는 영웅을 향해 쉽게 달려들지 못했다.

아무리 자신이라 해도 영웅이 한 것처럼 저렇게 순식간에 수하들을 제압할 수는 없었다.

그랬기에 방금 그 장면으로 깨달았다. 자신보다 훨씬 강한 자라는 사실을 말이다.

"아까는 기세등등하더니 얌전해졌네? 안 덤비냐?"

영웅이 빈정대며 말을 해도 남자는 어떻게 여기를 무사히 빠져나갈 수 있을까 고민할 뿐이었다.

그런데 의외의 말이 나왔다.

"머리 굴리지 마. 그냥 보내 줄게."

"뭐? 네?"

영웅의 말에 남자가 화들짝 놀랐다.

"가라고."

"저, 정말입니까? 그, 그게……."

남자는 뒷말을 아꼈지만, 영웅은 대충 무슨 말을 하려는지 알았다.

"보복, 보복하려고? 제발 좀 그래라. 요즘 심심해서 말이지. 꼭 해, 알았지? 아, 맞다. 내 정체는 비밀이지. 으음, 어쩌지? 내가 나중에 장소를 정해 줄 테니 애들 끌고 거기로 올래?"

상식적으로 이해가 안 가는 인간이었다. 보통은 나중을 위해서 회유를 한다든가, 아니면 겁을 준다든가 하는데 이 인간은 그런 게 아니었다.

오히려 보복을 권장하고 있었다.

그때 뒤에서 여자가 소리쳤다.

"안 돼요! 무조건 잡아요!"

여자의 말에 영웅의 표정이 굳었다. 그리고 여자를 바라보며 말했다.

"나에게 명령하지 마라. 이자를 풀어 주는 것도, 병신으로 만드는 것도 전부 내 의지니까."

검게 물든 눈빛은 모든 사람의 온몸에 소름이 돋게 했다.

딸꾹-!

여자는 자신도 모르게 딸꾹질을 했다.

처음으로 공포를 느낀 탓이었다. 지금까지 살면서 단 한 번도 느껴 보지 못한 진정한 공포를 말이다.

그것은 영웅의 앞에 있던 남자도 마찬가지였다. 아니, 오히려 더했다. 그는 영웅의 기세를 가까운 거리에서 온몸으로 맞고 있었으니까.

남자는 순식간에 영웅의 기세가 바뀐 것을 느꼈다.

이 세상의 것이 아닌 엄청난 기운.

마치 저 높은 곳에서 자신들과 같은 미약한 존재들의 재롱을 보며 즐거워하는 절대적인 존재.

남자는 공포에 물든 표정으로 벌벌 떨며 영웅의 다음 말을 얌전하게 기다렸다.

"가라, 저기 널브러진 놈들 전부 데리고. 그리고…… 보복은 언제든지 환영이라고 전해 주고. 내 정체까지 알려 주고 싶지만 그러면 재미가 없잖아? 알아서 잘 찾아오도록."

즐거운 미소를 짓는 영웅을 보며 그는 마른침을 꿀꺽 삼켰다. 그러곤 고개를 마구 저었다.

"말로 해야지."

"아, 아닙니다! 저, 절대로 보, 보복 따위는 하지 않을 것입니다!"

"아냐, 가서 나에 대한 분노를 불태우고 나를 막 죽이겠다는 의지를 다지란 말이야, 알았어? 가 봐."

"가, 감사합니다!"

대책 없이 미친놈이었다. 강하기만 한 게 아니고 제정신이 아니기까지 했다.

게다가 잔인하고 악하기까지 했다.

저런 자는 상대하는 것이 아니다.

서둘러서 바닥에 쓰러진 애들을 차에 꾸겨 넣고 재빨리 운전해서 그곳을 빠져나가는 남자였다.

주인 없는 승용차들과 바닥에서 멍하니 그 모습을 바라보던 택시 기사 그리고 여자만 남았다.

"기사님, 정신 차리시고 저 여자 집까지 잘 데려다주세요."

"네? 네, 아, 알겠습니다! 가, 감사합니다!"

택시 기사가 연신 감사하다고 인사를 했다.

오래간만에 듣는 소리에 미소를 지으며 뒤돌아섰다.

"자, 잠시만요! 이, 이름을 알려 주세요!"

"이름을 알려 줄 거면 마스크를 썼겠어?"

"아까 저랑 미팅하신 분 맞죠!"

여자가 자신을 정확하게 지칭하자 멈칫한 영웅이었다.

"옷! 목소리! 구두! 전부 그대론데 모자 쓰고 얼굴만 가린다고 모를 거 같나요? 제가 바보인 줄 아세요?"

그랬다. 아무 생각 없이 얼굴만 가린 것이다.

조금 전에 자기와 미팅을 한 여인이라는 것을 망각한 채말이다. 이래서 평소 습관이 무서운 것이다.

영웅은 한숨을 쉬며 마스크를 벗었다.

그와 동시에 택시 기사를 재웠다.

픽– 털썩.

갑자기 쓰러지는 택시 기사를 바라보며 아차 싶었는지 입을 막는 여자였다.

조금 전에 극한의 공포를 느꼈는데, 어디서 용기가 나서 그런 말이 나왔을까.

정말 자신도 모를 일이었다.

방정맞은 자신의 입을 손바닥으로 치면서 자책하는 그녀였다.

"그랬군. 이래서 히어로들이 옷을 갈아입었나 보네."

진리를 깨달은 기분이었다.

"저, 저를 주, 죽이실 건가요?"

여자가 두려운 얼굴로 묻자 영웅이 피식 웃으며 말했다.

"난 살인마가 아닌데? 뭐 어쩔 수 없지, 내 생각이 짧은 거니까. 그래도 대단하네. 그 상황에서 내 정체를 밝힐 생각을 하다니."

"저, 저도 모르게…… 죄, 죄송합니다."

영웅은 그녀를 바라보며 고심했다.

이대로 보내도 될까, 무언가 제약을 해야 할까?

하지만 그런 게 무슨 의미가 있나 싶었다.

영웅이 여자를 보며 물었다.

"날 귀찮게 하지 않을 자신 있어?"

"네? 네네! 저, 절대로 귀, 귀찮게 하지 않을게요! 매, 맹세해요!"

"너희 아버지가 각성자 협회의 협회장이라고 했지?"

"네! 마, 맞아요!"

"만약 내 정체가 밝혀진다면 협회장 자리는 공석이 될 거야, 명심해."

영웅의 말에 여자는 연신 고개를 끄덕였다. 자신이 느낀 저 힘이 정말로 그걸 가능하게 할 것 같았다.

"그럼 믿고 간다. 택시 기사님은 잠시 재운 거니 깨우면 일어나실 거야."

손을 흔들며 다시 하늘로 날아가는 영웅을 보며 여자는 크게 안도의 한숨을 쉬며 중얼거렸다.

"세, 세상에 진짜 괴물이 살아가고 있었어. 브, 블랙맘바나 그런 것들이 문제가 아니었어."

***

짝-!

어떤 남자가 의자에 앉은 노인에게 보고하며 맞고 있었다.

"그걸 지금 보고라고 하는 것이냐!"

"저, 정말입니다!"

"일반인인데 각성자보다 강하다고? 너 요즘 약해? 막 환각 같은 게 보이고 그래?"

"모든 게 틀림없는 사실입니다. 그때 만물의 눈을 강탈해

간 자도 그놈입니다!"

"뭐? 만물의 눈? 그렇다면 내 아들의 사지를 부러뜨린 놈이 그놈이라고?"

벌떡 일어나 분노의 목소리를 토해 내는 노인이었다.

자신의 아들은 정체를 숨기고 일반 조직원으로 활동을 하고 있었다. 그러던 중 누군가에게 당해 온몸이 아작 난 상태로 돌아왔다.

그때도 그랬다, 일반인에게 당했다고.

"왜 그걸 지금 말해! 누구야, 그놈 정체가 뭐냐고!"

"저, 저도 잘…… 모자를 쓰고 얼굴을 가린 채 나타나서……."

퍼억-! 콰당탕-!

"이런 병신이 지금 그걸 말이라고!"

흥분해서 너무 강하게 타격한 모양이다. 힘없이 축 처진 남자를 잡아먹을 듯이 노려보다가 말했다.

"치워! 그리고 그 새끼에 대한 현상금을 지금의 열 배로 올린다. 무슨 수를 써서라도 찾아내라고 해!"

"알겠습니다!"

"반드시 잡아서 산 채로 씹어 먹어 줄 테다!"

살기 가득한 모습으로, 보이지 않는 그 누군가를 향해 분노를 토해 내는 노인이었다.

한국 각성자 협회의 협회장 연준혁.

한국 최초의 SSS급 각성자였다. 연준혁의 등장으로 한국은 세계 국력 순위가 12위로 껑충 뛰었다.

SSS급 각성자의 힘은 이렇게 한 나라의 국력을 좌지우지할 정도로 대단했다.

하지만 아직 일본이나 중국에 한참 미치지 못하는 국력을 지니고 있었다.

두 국가에는 SSS급 각성자들이 여럿 존재하고 있었기 때문이다.

연준혁은 회의실에 앉아서 심각한 표정으로 보고서를 읽고 있었다.

"거참, 각성자도 아닌데 S급 각성자들을 가볍게 이겼다? 키는 183cm에 나이는 대략 20대 초반으로 보였다? 이걸 믿어야 하는지……."

보고서에는 그렇게 적혀 있었다.

블랙맘바의 멤버가 지니고 있던 만물의 눈이 그를 일반인으로 분석했다고.

만물의 눈이 틀렸을 리가 없다.

그렇다면 정말로 이 보고서가 사실이라는 말이다.

"나와 같은 급이거나 레전드급으로 보인다라……."

마지막에 적힌 문구가 그의 시선을 자꾸 잡았다.

현장에 있던 자들이 느끼기에 SSS급의 각성자인 자신과 동급이거나 그 윗급으로 보인다는 첨언.

"이게 사실이라면 엄청 중요한 일인데…….."

잠시 생각하던 연준혁은 인터폰을 눌러 누군가를 불렀고, 그에게 보고서에 나온 남자에 대해 조사하도록 명했다.

천민우는 그동안 투자한 곳에 대해 브리핑을 하고 있었다.

"현재 주식 현황은 주군께서 주신 리스트에 나와 있는 모든 회사의 대주주 자격을 갖춘 상태입니다."

"대주주면 5% 이상은 확보했다는 소리네?"

"그렇습니다. 대부분 10%를 상회하는 수준이고, 고글 같은 경우는 20% 넘게 확보했습니다."

"잘했어. 핸드폰 제조 회사 알아보라는 것은 어찌 되었지?"

"아, 그건 여기 있습니다. 미래큐리엘이라는 회사인데 미래전자에서 핸드폰 사업을 정리하면서 내놓은 물건입니다."

"인수해."

"네, 알겠습니다."

"그리고 라이닉스 주식은 나오는 대로 전부 구매하고."

"알겠습니다."

"자금 여유는?"

"현재 가용 자금은 1조 원 정도 됩니다."

영웅이 고개를 끄덕이며 4차원의 공간을 열었다. 그리고 안에 들어가서 꺼내 온 것은 황금이 아닌 달러 지폐였다.

달러를 꺼낸 이유는 사용해도 괜찮다는 것을 확인했기 때문이다.

사실 영웅은 자신이 가진 달러를 가지고 은행에 가서 직접 환전해 보았다. 그랬더니 정말로 환전이 되었다.

1백 달러 지폐였기에 은행원이 꼼꼼하게 위조 여부를 확인했고, 위조가 아닌 진품이라는 판명을 내리는 것을 똑똑히 지켜보았다.

그것으로 확신했다. 이곳에서 사용해도 되는 돈이라는 것을.

그래서 이렇게 당당하게 꺼냈다.

거실을 가득 채운 돈다발을 본 천민우는 어이가 없는 표정으로 영웅을 바라보았다.

"다, 달러도 있었습니까?"

"전에 내가 말했던 것 같은데? 금이 편한지, 달러가 편한지. 일단 아쉬운 대로 이걸로 사용해."

"네? 아, 아쉬운 대로요? 이, 이게 얼마나 됩니까?"

"대충 1백억 달러? 그 정도 될 거야. 부족하면 말하고."

1백억 달러를 대수롭지 않게 말하는 영웅을 보며 기가 찬 천민우였다.

게다가 부족하면 더 말하라고 한다.

"이제 세계적으로 투자를 시작했으니 달러를 풀어도 될 것 같아. 그 전에는 한국에 먼저 투자를 진행해서 원화로 사용했는데, 이제는 안 그래도 될 것 같거든."

황당했다. 금을 보유한 강한 양반인 줄 알았는데 돈까지 많았다. 그것도 셀 수도 없는 금액을 보유하고 있었다.

이쯤 되니 어디서 나타난 괴물인지 정말로 궁금해졌다.

"이걸로 더 공격적으로 공략하고, 아예 내 왕국을 건설할 예정이니까 웬만한 도시 크기의 부지를 통째로 사 버려."

"아, 알겠습니다. 원하시는 지역이 있으십니까?"

영웅은 곰곰이 생각했다.

"뭔가 쓸모없거나 개발하기 난감하거나 돈이 없어서 개발이 중단된 곳이 있나?"

영웅의 말에 천민우가 잠시 생각하더니 고개를 저었다.

"죄송합니다. 알아보고 다시 보고 올리겠습니다."

영웅은 고개를 끄덕이고는 천민우의 어깨를 두어 번 쳐 주고 말했다.

"고생 좀 하고, 인재 발굴에는 돈 아끼지 마. 알았지? 그리고 당당하게 법인 하나 설립해."

"법인 말입니까?"

"응, 이름은…… 알아서 정하고. 또 하나, 달러를 원으로 바꿔서 준비 좀 해 놔. 난 이만 가 본다."

"아, 알겠습니다. 법인 설립하고 주군께 다시 보고드리겠습니다!"

천민우는 손을 흔들며 사라지는 영웅을 잠시 바라보다가 거실로 눈을 돌렸다. 영웅이 사라진 장소에는 셀 수도 없는 양의 달러가 쌓여 있었다.

"참 나, 저번엔 금으로 사람 기를 죽이더니 이번엔 돈으로 기를 죽이시는군. 대단하신 분이야."

고개를 절레절레 흔들며 수하들에게 돈을 전부 지하 금고로 옮기게 하는 천민우였다.

[미래큐리엘, 팬텀 모두 인수 완료했습니다.]

영웅에게 날아온 문자 한 통.

"이거 이러니까 꼭 회귀해서 재벌이 되는 그런 기분이네. 아닌가, 회귀해서 재벌이 되는 거 맞나?"

자신이 생각해도 어이가 없는지 웃는 영웅이었다. 그냥 자신이 살던 세상과 비슷하기에 진행한 것인데 정말로 다 존재하고, 자신이 살던 세상과 비슷한 역사로 흘러가고 있었다.

그런 점이 영웅에게 재미로 다가오고 있었다.

암튼 미래큐리엘은 역사대로 세상에 매물로 나왔지만, 팬텀은 아니었다. 전적으로 천민우의 실력으로 인수를 한 것이다.

그 사실을 알기에 영웅은 행복한 미소를 지었다. 훌륭한 인재를 얻은 것이다.

영웅은 수업이 끝나자마자 순간 이동으로 천민우가 있는 레드 그룹 회장실로 이동했다.

천민우는 레드 그룹을 총괄하는 회장이었다.

"헉!"

갑자기 나타난 영웅을 보며 화들짝 놀라 벌떡 일어나는 천민우였다.

"주, 주군?"

"놀랐나? 미안하군."

"아, 아닙니다! 가, 갑자기 말씀도 없이 오셔서 놀랐을 뿐입니다."

천민우가 뭐라 하든 천천히 소파가 있는 곳으로 가 앉았다.

"문자 보고 바로 왔어. 시간 괜찮지?"

"그, 그렇습니다."

천민우가 자리에 앉으며 물었다.

"뭐라도 드시겠습니까?"

"아냐, 몰래 왔는데 괜히 다른 사람 눈에 띄는 건 별로."

"알겠습니다."

천민우가 인터폰을 누르고 비서실에 연락했다.

"내가 허락하기 전에는 내 방에 누구도 얼씬하지 못하게 해."

−알겠습니다, 회장님.

인터폰을 끊고 천민우가 말했다.

"주군, 되었습니다. 이제 편히 말씀하시면 됩니다."

천민우의 말에 영웅이 고개를 끄덕이고 자신의 품속에서 무언가를 꺼내 천민우에게 건넸다.

"이것을 연구진에게 주고, 그 안에 있는 모든 기술을 다 파악하라고 전해. 가장 완벽하게 파악하고 실현하게 한 팀에 는 상을 준다고 해."

처음 보는 형태의 물건에 천민우가 고개를 들어 물었다.

"이, 이것이 무엇입니까?"

"핸드폰."

"네? 이게요?"

천민우는 폰을 열려고 끙끙거렸다.

"그거 여는 거 아냐. 부서진다, 살살 다뤄. 이 세상에 하나 밖에 없는 거니까."

영웅이 이 세계로 소환되면서 같이 딸려 온 스마트폰이었다. 정확하게는 안 버리고 모아 둔 1세대 스마트폰으로, 점점 다음 기종으로 바꿔서 내줄 예정이었다.

"이, 이것은 어디서 나셨습니까?"

"그건 기밀. 알겠지? 무조건 그것과 똑같이, 아니 비슷한 제품을 만들라고 전해. 상금은 20억 걸어. 팀 전체 상금이 아니라 그 팀 인원 하나하나에게 20억이라고."

"헉! 그, 그렇게 많이요?"

"그 정도는 되어야 배신 안 하고 최선을 다해 연구하지."

"알겠습니다. 참, 알아보라고 하신 부지에 대해 말씀드릴 것이 있습니다."

"알아봤어?"

"네, 주군께서 말씀하신 그런 존재인 부지가 한 곳이 있습니다."

"어딘데?"

"새만금입니다."

"새만금?"

"네, 현재 한국에서 진행하고 있는 가장 큰 규모의 간척사업입니다. 그런데 지금은 자금이 조달되지 않아 멈춘 상태입니다. 주군의 막대한 자금력으로 그곳을 개발하시는 것이 어떻겠습니까?"

"새만금이라…… 나쁘지 않군. 정부 쪽에 의사를 타진해 봐."

"알겠습니다. 그리고 앞으로 주군께서 원활하게 활동하시려면 외국계 기업을 하나 운영하시는 것을 추천드립니다."

"그렇군, 흠."

천민우의 추천에 영웅은 잠시 생각을 했다.

쓸 만한 기업이 있나 고심을 하고 있었다.

"그냥 하나 만들어야겠군. 내가 준 달러로 그럴싸한 기업 하나 만들어. 그리고 오룡자동차하고 태우자동차 인수해."

"네? 가, 갑자기 자동차 회사를요?"

"응, 어차피 돈 남아도니 신경 쓰지 말고 인수 진행해. 현재 내 재산은 얼마나 되지?"

"주, 주군께서 현재 가지고 계신 재, 재산, 지금 당장 계산해 보겠습니다."

천민우가 다급하게 자기 자리로 돌아가 어딘가로 열심히 전화를 돌리기 시작했다.

한참 후에 다시 돌아온 천민우가 종이에 적힌 숫자를 읽었다.

"혀, 현재 주군의 재산은 대략 440억 달러 정도 됩니다."

"겨우? 아, 아직 성장들을 안 했구나."

"겨, 겨우라니요. 주군, 엄청난 금액입니다!"

"겨우 그 정도 푼돈 얻으려고 이 짓을 하는 것이 아니야. 기다려 봐, 앞으로 재미난 일이 벌어질 테니."

천민우는 반박을 하려다가 입을 닫았다.

얼마 전에 자신에게 준 현찰 다발들만 1백억이었다. 그런 금액을 아무렇지 않게 내놓는 사람이니 푼돈으로 느껴질 수도 있겠다 싶은 생각이 들었다.

자신의 잣대로는 가늠조차 되지 않는 영웅이었다.

"알겠습니다."

"고생했어. 한 비서와 함께 구상하고 있는 전략팀에, 해외에 기업을 만들라고 해. 투자회사로 해서."

"알겠습니다."

"그럼 수고해, 나 간다."

슈팟-!

말이 끝남과 동시에 쿨하게 사라지는 영웅이었다.

"아무래도 내가 모시는 분은 이 세상에 내려온 신이 아닐까?"

천민우는 그런 생각을 하다가 문득 전에 영웅이 한 이야기가 떠올랐다. 믿기지도 않는 엄청난 허풍 말이다.

'서, 설마…… 아니겠지.'

그런데 이제 그 허풍이 정말일 것 같다는 생각이 들기 시작한 천민우였다.

⊷⊶

한국 각성자 협회.

그곳에서 천민우가 협회장과 식사를 하고 있었다.

포크로 고기를 찍은 채 천민우를 바라보며 협회장이 물었다.

"정말로 다시 안 돌아올 거냐?"

"응, 요즘 내가 하는 일이 있어서 많이 바쁘네."

"네 능력이 아까워서 그래. 너라면 충분히 SSS급까지 올라갈 재능이 되는데."

"하하하하, 그렇게 봐 줘서 고마워."

"그렇게 봐 주는 게 아니라 그것이 현실이지. 사실 너의 잠재력으로 보면 SSS급도 낮게 잡은 거지."

협회장은 고기를 삼키고 와인으로 입을 헹구며 말했다.

"잠재력이라……."

협회장의 말에 천민우가 잠시 생각했다.

천민우와 협회장 연준혁은 친한 사이였다. 그냥 같이 있기만 해도 즐거운 사람, 그것이 이 둘의 관계였다.

그러다가 천민우가 어둠의 세계로 넘어가고 연락이 뜸해졌다.

사실 어둠의 세계로 넘어갈 때 연준혁은 매일같이 찾아가 그를 설득했었다.

하지만 결국 천민우의 고집을 꺾지 못했다.

그런 그가 요즘 음지가 아닌 양지에서 활동한다는 보고를 받았다. 너무 기쁜 나머지 앞뒤 생각하지 않고 곧바로 그를 초대한 것이다.

"요즘은 제대로 사업하며 살고 있다고 들었다. 아주 공격적으로 투자를 하더구나."

"알고 있었네? 이제 시작이야. 그래서 더 바빠."

"녀석, 너에 관한 일이라면 항상 체크하고 있다."

"뭐야? 나도 모르는 사이에 스토킹을 당하고 있었네. 나는 남자한테 관심 없는데……."

천민우가 손을 교차하며 자신의 상체를 가리는 시늉을 하자 연준혁이 피식 웃으며 들고 있던 나이프로 천민우를 찌르는 모양새를 했다.

"이게, 확! 나도 남자 취미 없거든?"

"어어? 각성자 협회 협회장이 남을 스토킹 하는 것도 모자라서 증거인멸 하려고 하네. 이거 이거 다 소문낸다!"

"그래, 내라, 내!"

밥 먹다 말고 서로 투덕거리다가 다시 밥을 먹기 시작한 둘이었다.

"그런데 형, 요즘 힘들어? 표정이 별로 안 좋네?"

연준혁은 천민우를 잠시 바라보다가 말했다.

"티 나냐?"

"응, 아주 얼굴색이 거무죽죽한데? 무슨 일 있어?"

천민우의 말에 연준혁이 나이프와 포크를 내려놓고 입을 닦으며 한숨을 쉬었다.

"사실 요즘 한국 분위기가 별로 좋지 않다."

"분위기가 안 좋다니? 형이 있는데 무슨 소리야?"

연준혁이 담배를 꺼내 입에 물었다.

팅─! 착.

담배에 불을 붙이고 길게 연기를 내뿜으며 말했다.

"후우, 요즘 많이 힘들다. 나 혼자 힘으로 협회를 지탱하기엔 주변에서 경계가 너무 들어와."

"왜? 다른 길드들이 안 도와줘?"

"하아! 천지회는 회장이 사라지고 그를 찾겠다고 봉문을 선언한 상태고, 그 아랫것들은 천지회가 봉문을 하니 이때다 싶어서 세력을 키우려고 아등바등하고 있지. 그나마 네놈이 있는 레드 그룹이 버티고 있어서 이 정도인 거지."

"하여튼 힘도 없는 새끼들이 욕심만 많아서…… 내가 직접 나서서 정리해 줄까?"

천민우가 팔을 걷어붙이며 씩씩거리자 연준혁이 그 모습을 보고 피식 웃었다.

"됐다. 사실 한국 길드들이 그 지랄 하는 게 하루 이틀 일도 아니고, 그 정도는 우리도 커버 가능하다. 다른 게 문제지."

"다른 거? 그럼 한국에 있는 세력이 아니라는 소린데……
일본인가? 중국?"

천민우의 물음에 연준혁이 씁쓸한 미소를 지으며 말했다.

"그렇군, 그들도 있었지. 하지만 아니다. 현재는 블랙맘바가 가장 큰 문제다."

"그들이 왜? 그들은 한국에 딱히 관심을 두지 않는 조직이잖아."

"최근에 블랙맘바가 한국의 어떤 이에게 당한 모양이다. 그를 내놓으라고 아주 노골적으로 협회에 요구하더군. 물론 누군지 알 길이 없기에 안 된다고 말을 했다만."

연준혁의 말에 천민우는 누군가가 떠올랐다.

"혹시…… 만물의 눈?"

"어? 네가 어떻게 그걸 알아? 맞아, 그거 가져간 사람."

"알지, 아주 잘 알지."

"아는 사람이냐? 무슨 등급이냐? 네가 하는 행동을 보니 나는 모르는 사람인 듯한데."

연준혁의 말에 천민우가 웃었다.

저 형의 눈치는 정말로 대단했다. 하긴 저런 능력이 있으니 한국의 협회를 다스리고, 한국 내의 길드들을 조율하는 것이다.

"여전히 눈치가 빠르네. 맞아, 형이 모르는 분이야."

천민우의 말에 연준혁의 눈이 동그랗게 커졌다.

"분이라고 했어? 네가? 너, 너는 누구의 밑에 있는 것을 죽기보다 싫어하지 않았어?"

연준혁의 말에 천민우가 고개를 끄덕이며 답했다.

"맞아. 그래서 협회도 나온 거고. 사실 천지회를 능가하는 길드를 만들기 위해서였지. 하지만 그분은 아니야. 나 같은 건 범접조차 할 수 없어. 그분의 품속은 평안하지."

자신밖에 모르던 천민우의 입에서 엄청난 소리가 나왔다.

SSS급도 인정하지 않는 그였는데 그의 입에서 범접할 수 없다는 소리가 나왔다. 거기에 말투 자체에서 엄청난 충성심이 느껴졌다.

"이미 그의 사람이군."

"맞아, 그분의 시종이지."

6장

시종이라는 말에 연준혁의 눈이 동그랗게 변했다. 전혀 어울리지 않는 단어들이 연속으로 나오고 있었다.

조용히 천민우를 바라보던 연준혁은 고개를 끄덕이며 말했다.

"변했군. 예전의 네가 아니구나."

연준혁의 말에 천민우가 고개를 끄덕였다.

"맞아, 나는 그분 밑에서 다시 태어났지. 이야기가 다른 길로 샜는데, 그 만물의 눈은 그분이 가지고 계셔."

"네가 얘기하는 그분은 강한가?"

연준혁의 질문에 천민우의 눈빛이 변했다.

"강하시지, 엄청! 아니…… 표현할 수 없는 정도로."

"나보다?"

연준혁의 말에 천민우가 잠시 그를 바라보았다.

진지한 눈빛으로 한참을 생각하더니 이내 고개를 저었다.

"형은 안 돼. 그분을 건들지도 못할 거야."

몇 초식을 버티냐 마느냐를 얘기하는 것이 아니었다. 아예 건들지도 못할 것이라고 말하고 있었다.

자신이 누군가, 실종된 천지회장이 없는 지금 한국에서 가장 강한 각성자였다.

물론 세계로 나가면 그보다 더 강한 괴물들이 득실거렸지만, 그래도 이런 평가를 받는다는 것은 자존심이 상했다.

다른 이가 저런 평가를 했다면 그 즉시 그의 면상에 주먹을 날렸을 것이다.

하지만 상대는 자신이 가장 아끼는 동생이었고, 또 누구보다 다른 이들의 능력을 잘 캐치해 내는 이였다.

천민우의 평가에 당황한 표정으로 간신히 말을 더듬거리며 입을 여는 연준혁이었다.

"……저, 정말로 그렇게 강한 자가 존재한다고? 그것을 또 나보고 믿으라고?"

연준혁의 반응에 천민우는 이해한다는 표정으로 대답했다.

"형이 지금 이런 반응을 하는 거 충분히 이해해. 나도 처음에는 믿지 못했으니까, 형의 마음 잘 알아."

너무도 쉽게 인정하는 천민우의 모습에 연준혁은 그의 말이 거짓이 아니라는 것을 깨달았다.

연준혁이 침을 꿀꺽 삼키며 물었다.

"그렇게 강한 자가 어째서 각성자 협회에 등록이 안 되어 있지?"

"그분은 각성자가 아니니까."

"뭐?"

"그분은 일반인이야."

벌떡-!

일반인이라는 소리에 연준혁이 의자를 박차고 일어났다. 그리고 찢어질 듯 커진 눈과 흔들리는 동공으로 천민우를 바라보며 외쳤다.

"말이 되는 소리를 해야지! 일반인이 나보다 강하다고? 지금 나랑 장난하냐?"

연준혁의 말에 천민우가 고개를 들어 바라보며 말했다.

"장난? 형은 지금 내가 장난하는 표정으로 보여?"

천민우가 진지한 표정으로 자신을 바라보며 되묻자, 연준혁의 동공이 더욱더 세차게 흔들리기 시작했다.

"그, 그런 사람이 저, 정말로 있다고? 이, 일반인인데……우리보다 강한 사람이?"

"강하시지, 세상 누구보다도. 그분이 나선다면 미국? 중국? 일본? 전부 그분의 발아래 무릎을 꿇을 거야."

"미친놈이! 지금 그걸⋯⋯."

"형, 그분에게는 등급이나 국력이 의미가 없어. 그분 자체가 곧 힘이고 지위며 국력이야. 형이 나더러 천상천하유아독존(天上天下唯我獨尊)이라고 했지? 그분이 그런 분이야. 나중에⋯⋯ 나중에 만나 뵙게 되면 형도 내 말을 이해할 거야."

미쳤다.

빠져도 단단히 빠진 것처럼 보였다.

원래 사이비 종교가 한번 빠지면 답도 없다고 했다. 지금 천민우의 모습이 그렇게 보였다.

알 수 없는 종교에 푹 빠져서 헤어 나오지 못하는.

그렇게 생각하니 그의 행동이 전부 이해가 되었다.

이내 연준혁이 안타까운 눈빛으로 그를 바라보았다. 아무리 봐도 어느 사이비 같은 사기꾼에게 당해 푹 빠진 모양새였다.

전에도 한 각성자가 사이비에 빠져 협회를 탈퇴한 적이 있기에 더욱더 그쪽으로 의심이 가기 시작하는 연준혁이었다.

연준혁의 눈빛을 느낀 천민우는 씁쓸한 미소를 지었다. 어차피 믿을 거라 생각도 하지 않았다.

연준혁은 천민우를 바라보며 싸늘한 목소리로 말했다.

"그렇게 위대한 인물이 어째서 세상에 모습을 드러내지 않지? 아니, 드러내지 않는다는 건 자신을 드러내기 싫다는 것일 텐데 이렇게 나에게 말을 해 줘도 되는 건가?"

정곡을 찌르는 질문들이다.

"맞아, 세상에 드러나기 싫어하시지. 다만 내가 활동하는데 있어서 자신의 이야기를 해도 좋다고 하셨어. 그분은 귀찮아서 피하시는 것이지, 두려워서 숨어 계시는 것이 아니야."

"되었다. 만나 보면 알게 되겠지."

연준혁은 그 사람을 만나면 반드시 가만두지 않겠다고 생각했다.

자신이 생각하기에 지금 천민우는 최면에 걸린 상태였다.

그는 자신이 알고 있는 자 중에서도 알아주는 남자였다.

그래서 천민우를 좋아했다.

자신이 사랑하고 아끼는 동생을 이토록 홀린 사기꾼 놈을 절대로 두고 보지 않겠다고 다짐하고 또 다짐하는 연준혁이었다.

"그분을 만나 볼 수 있게 해 주겠나? 정말로 그런 능력을 지니신 분이라면 내 어려움도 해결해 주시겠지. 내가 그분을 직접 만나 뵙고 도움을 요청해도 될까?"

연준혁이 싸늘하게 말하자 천민우는 잠시 고민하더니 입을 열었다.

"하아, 기다려 봐. 그분에게 여쭤보고."

천민우는 어디론가 전화를 걸더니 매우 정중하게 통화를 하였다. 마치 정말로 그 앞에 있는 것처럼 허리를 90도로 꺾은 채 연신 굽실거리며 통화를 하고 있는 것이다.

그 모습을 어처구니가 없는 표정으로 바라보는 연준혁이
었다.

잠시 후, 전화를 끊고 다가온 천민우가 말했다.

"그분이 허락하셨어."

천민우의 말에 연준혁은 당황했다. 정말로 사기를 치는 인
간이라면 어떻게든 만남을 피하려 했을 텐데 이자는 너무도
쉽게 만남을 허락했다.

그만큼 자신이 있다는 소리일까?

고민하며 자리에서 일어났다.

그런데 천민우가 일어설 생각을 하지 않았다.

"뭐 해? 가자. 그분이 허락하셨다며."

"응, 허락하셨지. 여기에서 기다리면 오실 거야."

천민우의 말에 잠시 멍한 표정을 짓던 연준혁이 이내 크게
웃으며 말했다.

"뭐? 하하하, 이곳이 어딘지 몰라서 하는 소리야? 여긴 한
국 각성자 협회야. 아무나 들어올 수 없다고."

"알아. 그래도 그분이라면 가능해."

"내가 허락하지 않는다면 그 사람은 이곳에 한 걸음도 들
어올 수 없다. 그것을 알고도 지금 이러는 거야? 정신 차려
라, 천민우!"

굳은 표정으로 싸늘하게 말하는 연준혁을 바라보며 천민
우가 웃었다.

"응, 아주 잘 알고 있어. 그러니 자리에 좀 앉아."

"하아, 민우야. 진짜로 정신 차려라. 너 지금 어디 안 좋은 종교에 빠진 것 같은데……."

벌떡-!

연준혁이 천민우에게 충고하려고 할 때, 그가 갑자기 벌떡 일어섰다.

"오셨습니까."

그리고 연준혁의 뒤를 바라보며 90도로 인사를 했다.

바로 그 뒤에 이어진 단어가 연준혁의 정신을 멍하게 만들었다.

"주군!"

그냥 단순히 모시는 분 정도가 아니었다.

그를 주인으로 모시고 있었다. 시종이라고 한 것이 그냥 한 소리가 아니었다.

문제는 뒤에서 아무것도 느껴지지 않는다는 것이다. 그래서 더 당황스러운 연준혁이었다.

"이자야, 나를 보자고 한 사람이?"

뒤에서 들려오는 젊은 목소리.

연준혁이 다급하게 뒤를 돌아봤다. 그곳에는 정말로 젊은 청년이 뒷짐을 지고 서 있었다.

연준혁은 믿을 수 없다는 표정으로 연신 같은 말을 반복하며 중얼거렸다.

"어, 어떻게……."

각성자 협회의 경비는 상상을 초월한다. 국가의 진정한 무력을 담당하는 곳이니 그 삼엄함은 이루 말할 것도 없었다.

이곳을 지키는 자들은 하나같이 초강자들이었다.

SS급의 각성자들이 철통같이 경비를 서고 있는 곳이 바로 이곳이었다.

그런데 그런 곳을, 자신이 허락하지도 않았는데 유유히 들어온 것이다. 심지어 기척도 느껴지지 않았다.

그런데 영웅과 눈이 마주친 그 순간, 연준혁은 온몸에 소름이 돋았다.

까마득히 높은 곳에서 내려다보는 절대자의 눈이었다. 그렇게 느껴졌다.

지금 이 순간 연준혁은 느꼈다.

천민우가 조금 전까지 하던 말들이 거짓이 아니라는 것을 말이다.

그래도 그냥 넘어갈 수는 없었다.

연준혁은 조용히 영웅에게 말했다.

"도전해도 되겠습니까?"

무엇을 뜻하는지 알아들은 영웅은 고개를 끄덕였다.

영웅은 연준혁과 천민우를 잡았다.

슈파―!

그리고 순식간에 오지 산골로 이동했다.

아무도 없는 칠흑 같은 어둠이 깔린 강원도 오지.

사람은커녕 불빛조차 보이지 않았다. 눈 한 번 깜박였을 뿐인데 각성자 협회 건물에서 200km나 떨어진 강원도 산골로 온 것이다.

"이, 이게 무슨?"

경악한 표정으로 주변을 둘러보는 연준혁이었다.

한편 천민우는 이것이 익숙한지 재빨리 무언가를 꺼내서 하늘에 쏘았다.

삐유웅- 파앙-!

조명탄을 쏜 것인지 주변이 환해지기 시작했다.

어둠 속의 광명이라는 아이템이었다.

이제 1시간 동안 이곳은 대낮처럼 환할 것이다.

"주군께서 나를 훈련시키실 때마다 한 번씩 오는 곳이야."

천민우의 설명에 연준혁의 표정이 진지해졌다.

환해진 주변 풍경은 엄청났다. 정말로 이곳에는 천민우가 훈련을 한 흔적들이 남아 있었다.

"형, 진심으로 덤벼. 그게 내가 형에게 할 수 있는 유일한 조언이야."

"뭐, 그랬다간 주변이 난리가 날 텐데? 협회 애들한테 말도 안 하고 와서 우리가 싸우는 줄 모르는 사람들로 일대가 난리가 날 거야."

"걱정하지 마. 이곳에는 내가 특수한 아이템을 설치해 놓

아서 바깥으로 그 어떤 소음도 나가지 않으니까. 내가 직접
시연도 했으니까 믿어도 돼."

천민우의 말에 연준혁이 안심한 듯 고개를 끄덕이며 자세
를 잡았다.

영웅은 심드렁한 표정으로 연준혁을 바라보았다.

"준비되셨습니까?"

연준혁의 말에 영웅이 고개를 끄덕였다.

"저의 능력은 무공입니다. 조심하시길 바랍니다!"

굳은 표정으로 입을 악다물고는 영웅을 노려보는 연준혁
이었다.

콰아아아아ー!

연준혁이 기를 개방하면서 기의 폭풍이 그의 주변을 중심
으로 소용돌이치기 시작했다.

그 모습에 천민우가 감탄했다.

"역시 국내 유일의 SSS급! 주군도 쉽지 않을 것이다."

천민우는 이 전투를 통해 영웅의 진정한 위력을 확인할 참
이었다.

한국 최강의 각성자이자 헌터인 연준혁이라면 영웅의 능
력을 어느 정도 개방시킬지도 모른다는 기대감이 들었다.

천민우가 옆에서 감탄하든 말든 연준혁은 영웅을 향해 자
신의 기술을 전개했다.

"천벽멸광(天劈滅光)!"

엄청난 기운을 머금은 빛줄기가 연준혁의 손바닥에서 영웅을 향해 쏘아져 나가기 시작했다.

그런데 피할 생각을 하지 않는 영웅이었다.

그 모습에 당황한 연준혁이 공격을 거두려고 했다.

"헉! 위, 위험해!"

재빨리 기를 거두려 했지만 이미 늦었다.

전력을 다한 공격이었기에 멈출 수가 없었다.

쿠콰콰쾅-!

거대한 폭발이 영웅이 있던 곳을 휩쓸었다.

망연자실한 표정으로 그곳을 바라보는 연준혁이었다. 있는 힘껏 덤비라기에 정말 인정사정없이 공격했는데 이렇게 허무하게 끝날 줄은 몰랐다.

힘없는 자를 괜스레 죽인 것 같아 마음이 아파졌다. 천민우의 말을 믿은 것이 후회되었다.

"뭐 해, 정신 집중 안 하고."

옆에서 천민우가 진지한 표정으로 말했다.

연준혁은 그 말에 어이없는 표정으로 방금 공격으로 인해 먼지가 마구 피어오르는 곳을 손가락으로 가리키며 말했다.

"뭐, 저거 안 보여? 그 사람 흔적도 없이 사라졌을 거야! 너 미쳤어? 정말로 정신 나갔냐, 어?"

그런데 천민우가 고개를 저으며 다시 보라는 눈치를 줬다.

연준혁이 설마 하는 마음으로 돌아보니 영웅이 멀쩡한 모습으로 미동도 없이 그 자리에 서 있었다.

"말……도 안……."

최후 초식은 아니었지만 방금 그 기술을 버티는 각성자는 그리 많지 않았다. 특히 한국에는 없다고 장담할 수 있었다.

"이게 가장 강한 거?"

영웅이 물어 왔다.

연준혁은 재빨리 고개를 저었다. 자신이 왜 그렇게 반응했는지는 모를 일이었지만, 왠지 그래야 할 것 같았다.

"그럼 가장 강한 것으로 부탁해요."

마치 마사지사에게 어느 부위를 잘 부탁한다는 말투로 말하는 영웅을 보며 연준혁은 마음을 고쳐먹었다.

'이 사람은 진짜다!'

깨달은 것이다, 정말로 강하다는 것을.

갑자기 온몸에서 활력이 샘솟기 시작했다.

저런 강자라면 지금까지 자신을 힘들게 했던 모든 고민이 일시에 해결되기 때문이었다.

자신보다 더 강한 자가 나타났는데 연준혁의 마음속에서 우러난 감정은 기쁨이었다.

그동안 힘이 없어서 혼자 끙끙거리던 모든 문제를 일시에 날려 줄 귀인이 등장했으니까.

기쁜 나머지 환한 미소를 지으며 연준혁이 말했다.

"좋습니다. 갑니다, 후반 초식들로 공격하겠습니다!"

연준혁은 자신의 모든 기운을 개방하였다.

연준혁의 머릿속에는 오직 한 가지 생각뿐이었다.

저분을 즐겁게, 그리고 기쁘게 해 드려야 한다는 것.

연준혁은 자신이 가진 모든 것을 쏟아 내었다.

"칠성풍운! 천멸검격! 만상천결!"

쩌정-! 쿠쿠쿵-! 쿠콰콰쾅-!

천지가 울리고 사방의 산들이 무너져 내렸다. 작은 언덕들은 평지가 되었고 땅이 갈라졌다.

과연 국내에 한 명뿐인 SSS급 각성자의 위력이었다.

"제가 가진 최후 초식입니다. 앞서 한 공격들은 이 기술의 에너지를 모으기 위한 눈속임일 뿐! 자, 갑니다. 멸살패옥공(滅殺敗玉功)!"

하늘에서 거대한 기의 구체가 영웅을 향해 떨어져 내렸다. 마치 마법에서 말하는 메테오를 보는 것 같았다.

거대한 구체는 순식간에 산 전체를 감싸며 폭발을 일으켰다.

쿠쿠쿠쿵-!

자신의 기술로 인해 점차 무너져 내려가는 산을 바라보며 거친 숨을 몰아쉬는 연준혁이었다.

"헉헉헉!"

연준혁은 방금 그 기술이라면 그래도 충격을 주었을 것이라 생각하며 영웅이 있던 장소를 바라보았다.

그런 연준혁의 기대는 먼지가 걷히며 산산조각 나 버렸다.

작은 야산의 절반이 날아가 거대한 구멍을 만들었지만, 그곳에 있는 작은 인간을 상처 입히진 못했다.

영웅은 옷만 해졌을 뿐 피부에 상처 하나 없었다.

"음, SSS급의 무력은 이 정도로군."

영웅의 입에서 나온 감상평은 저것이 전부였다. 크게 충격을 받은 모습도 아니었다.

연준혁은 허탈함에 실소가 나왔다.

한국 최초의 SSS급이라는 자부심에 그동안 얼마나 힘을 주고 살았던가.

이제 보니 다 부질없는 것이었다.

천민우의 말이 맞았다.

"제가 따로 공격은 안 해도 되겠죠?"

영웅의 말에 연준혁이 고개를 끄덕였다. 정말로 의미가 없었다.

하지만 영웅은 잠시 무언가를 생각하더니 연준혁을 바라보며 말했다.

"그래도 제 힘을 살짝은 보여 드리는 게 맞겠네요."

영웅이 이렇게 말하는 이유는 자신의 힘을 직접 본 자와 그저 막연히 상상만 한 자의 태도가 달랐기 때문이다.

나중에 귀찮은 일을 방지하기 위해선 미리 힘을 보여 줘서 기를 죽여 놓는 것도 나쁘지 않았다.

영웅은 연준혁의 뒤에 있는 산을 바라보며 손을 가로로 스 윽 휘둘렀다.

힘을 콱 주고 휘두른 것도 아니었다. 그저 천천히 아무 힘 도 없는 가벼운 동작으로 휘둘렀다.

하지만 그 뒤에 일어난 현상은 가벼운 것이 아니었다.

연준혁의 뒤쪽에 있는 산이 가로로 두 동강이 나면서 하늘 로 뜨기 시작했다. 연준혁이 방금 날린 야산보다 열 배는 큰 산이었다.

쿠쿠쿠쿠쿠―!

"헉! 이, 이게 무슨?"

말도 안 되는 장면이 눈앞에서 펼쳐지고 있었다. 놀란 것 은 연준혁뿐이 아니었다. 그 옆에서 지켜보던 천민우 역시 경악한 표정으로 이 엄청난 광경을 바라보고 있었다.

"이, 인간의 힘으로 이게 가능하다고? 내, 내가 꿈을 꾸는 것인가? 레전드급들도 이건 안 될 거야."

연준혁의 중얼거림을 멀지 않은 곳에 있던 천민우가 듣고 고개를 끄덕였다.

그런데 놀라움은 이게 다가 아니었다. 영웅이 산을 제자리 에 돌려놓고 나서 하는 말에 더욱더 놀랐다.

"일단 살짝 맛보기로 보여 준 건데, 괜찮죠?"

연준혁은 정신없이 고개를 끄덕였다.

이게 맛보기라고?

그럼 진짜는 뭐란 말인가.

연준혁의 갈증에 작은 해소를 준 것은 바로 천민우였다.

천민우가 덜덜 떨며 영웅에게 하는 말을 들은 것이다.

"주, 주군. 그, 그때 저에게 말씀하신 것이…… 전부 사, 사실이었습니까?"

"응? 무슨 말?"

"행성을 부순다는 말요."

"응. 설마 안 믿은 거였어?"

"그, 그걸 누가 믿겠습니까! 다, 당연히 농담인 줄 알죠!"

"왜, 저기 저 달이라도 박살을 내서 보여 줄까?"

큰일 날 소리를 하고 있었다.

천민우가 다급하게 손을 내저으며 영웅을 말렸다.

"아, 아닙니다! 미, 믿습니다! 저, 정말로 믿습니다!"

천민우가 허둥대며 말하자 영웅이 귀엽다는 표정으로 웃었다.

한편, 옆에서 이 이야기를 듣고 있던 연준혁은 정신을 차릴 수 없었다.

이건 또 뭔 말이란 말인가, 행성을 부수다니.

자신이 아는 단어에 있는 행성은 별을 뜻하는 행성과 성을 뜻하는 행성이 있었다.

산을 통째로 들어 올리는 능력을 가진 이가 성을 부술 수 있다고 해서 놀라진 않을 것이다.

그러면 다른 행성이라는 이야긴데…….

지금 뒤에 있던 산을 잘라서 들어 올린 것만으로도 충분히 놀랐는데 저건 정말로 맛보기였다.

엄청나다는 말로도 표현이 안 되는 진짜 괴물이 세상에 나온 것이다.

"이제 대충 확인된 것 같으니 다시 돌아가죠. 아니면, 더 하실래요?"

연준혁이 잠시 멍한 표정을 짓고 있다가 영웅의 말에 재빨리 고개를 끄덕였다.

"아, 아닙니다! 추, 충분합니다. 그, 그러시죠! 이, 일단 협회로 다시 돌아가시죠."

그 모습에 영웅이 피식 웃고는 손을 내밀었다.

그것이 무엇을 말하는 것인지 깨달은 연준혁과 천민우는 재빨리 그의 손을 잡았다.

손을 잡은 영웅은 다시 둘을 데리고 협회장실로 순간 이동을 했다.

슈팍-!

다시 경험해 봐도 적응이 안 되는 일이었다.

'이런 사람이 일반인이라고? 이, 이게 말이 되는 소리야?'

아무리 생각해도 상식을 벗어난 존재였다.

조금 전에 이곳으로 온 방법도 마법사들이 쓰는 텔레포트가 아니었다. 그들이 하듯 시동어도 말하지 않고 자연스럽게 순간 이동을 한 것이다.

이제 확실해졌다.

SSS급 각성자인 자신이 전력을 다했음에도 상처 하나 주지 못한 초인.

거대한 산을 두부 자르듯이 자르고도 힘든 기색 하나 없이 여유롭게 하늘로 띄우는 괴물.

거기다가 그 끝을 알 수 없는 엄청난 능력들까지.

그가 바로 영웅이었다.

"저, 갈아입을 옷이 좀 있을까요?"

영웅이 완전히 걸레가 된 옷을 가리키며 물었다.

그 말에 연준혁이 아차 싶은 얼굴로 양해를 구하며 재빨리 밖으로 나갔다.

"자, 잠시만 기다리십시오! 저, 저기가 샤워를 할 수 있는 곳입니다. 일단 씻고 계시면 제가 후, 후딱 나가서 옷을 사 오겠습니다!"

연준혁이 나가고 둘이 남은 천민우와 영웅이 대화했다.

"좋은 사람 같은데?"

"네, 맞습니다. 좋은 분이시죠. 저분 덕에 한국이 다른 나라에 뒤지지 않고 이 정도까지 발전할 수 있었죠."

"저자가 한국에서 가장 강한 각성자?"

영웅의 질문에 천민우가 고개를 끄덕였다.

"흠, 그럼 다른 나라에는 더 강한 각성자들이 있나?"

"그 부분은 저보다 준혁이 형이 더 잘 압니다. 준혁이 형에게 물어보시죠."

영웅은 고개를 끄덕이며 소파에 앉았다.

대략 1시간 정도가 지났을까?

연준혁이 새 옷과 커피를 들고 헐레벌떡 들어왔다.

"헉헉! 오래 기다리게 해서 죄송합니다. 이, 이건 근처 백화점에서 후딱 사 가지고 온 것인데 몸에 맞을지 모르겠습니다."

"이 시간에 백화점이 문을 여나요?"

"아! 제가 VVIP라 요청을 하면 언제든지 열어 줍니다. 하하, 물론 평소에는 절대로 그러지 않습니다만…… 오늘은 특별하게 부탁을 했습니다."

"감사합니다. 잘 입을게요."

영웅은 웃으며 연준혁이 건네주는 옷을 입었다.

옷을 다 갈아입고 커피를 마시며 본론에 들어갔다.

"자, 이제 말해 보세요. 민우 얘길 들어 보니 저에게 부탁하실 것이 있다던데."

영웅의 말에 연준혁이 아까와는 달리 홀가분한 표정으로 입을 열었다.

"가, 감사합니다. 사, 사실 영웅 님을 찾은 건 다름이 아니고 블랙맘바라는 조직 때문입니다."

"블랙맘바?"

"네, 그렇습니다. 블랙맘바라는 세력은 세계적으로도 알아주는 큰 조직입니다. 각성자 협회에 반발을 하는, 반각성자 협회 세력이지요."

"왜요? 같은 각성자들끼리 그럴 이유가 있나요?"

"그들은 각성자들이 신의 은총을 받은 신인류라고 생각합니다. 일반인들은 자신들을 위해 희생하고 봉사해야 하는 천민으로 생각하지요. 그들의 사상은 위험합니다."

"미친놈들이네요. 그럼 저도 천민?"

연준혁은 영웅의 말에 헛웃음이 나왔다.

세상에 저런 천민이 어디 있는가.

연준혁이 본 그는 신이다.

아득히 높은 곳에서 자신들을 내려다보는 절대적인 신.

영웅을 보니 왠지 블랙맘바가 불쌍해졌다. 그들이 상대해야 할 일반인은 지구 최강이었다.

아니, 그리 생각하니 즐거워지는 연준혁이었다.

그동안 한국이라는 나라가 힘이 없어서 당한 적이 얼마나 많았던가.

세계 각성자 협회를 나가도 항상 찬밥 신세를 면치 못하는 것이 바로 한국이었다.

그 일면에는 바로 일본이 뒷공작을 한 것이 가장 컸다.

분통이 터졌지만 아직은 일본이 더 강하기에 그저 속으로 그 분노를 삼켜야만 했다.

하지만 이젠 아니다. 이제 자신에게도 기대고 의지할 수 있는 진짜 강자가 나타난 것이다.

"일반인으로서 그들의 사상이 정말 맘에 안 드네요."

"맞습니다. 그건 저희도 마찬가지입니다. 문제는 그들을 함부로 무시할 수 없다는 것이죠. 그만큼 세력이 강합니다."

"왜 처리를 안 하는 거죠?"

"하아, 그럴 수가 없습니다. 그들의 힘이 필요한 시기가 있으니까요."

"대격변?"

"맞습니다. 잘 알고 계시는군요. 대격변 때는 모든 각성자가 하나 되어 힘을 모으는 시기지요. 블랙맘바의 힘도 필요합니다. 그렇기에 지금은 협정을 맺어서 서로의 충돌을 피하고 있지요."

"그런데요?"

"그들이 영웅 님을 찾고 있습니다. 영웅 님이 저희 소속이라고 생각하고 있지요. 그래서 계속 압박이 들어오고 있습니다. 만약 영웅 님을 내놓지 않는다면 한국 협회로 블랙맘바 소속의 SSS급 암살자들을 보내겠다고 엄포를 놓고 있습니다. SSS급 암살자들이면 저 혼자 힘으로는 막기가 힘들기에……."

고개를 푹 숙이는 연준혁이었다.

"다른 나라에 도움을 요청해 보지 그러셨어요."

영웅의 말에 연준혁이 깊은 한숨을 내쉬며 고개를 절레절레 흔들었다.

"하아, 그거 아십니까? 세상에서 한국은 변방의 소국입니다. 그들의 눈에는 중요하지 않은 나라입니다. 이제 겨우 SSS급이 등장한 약소국이지요. 그런 나라를 위해 블랙맘바와 척을 질 나라는 없습니다."

"다른 나라에는 각성자들 등급이 얼마나 되길래?"

"아, 그것이 궁금하셨군요. 세계 1위인 미국에는 레전드급 각성자가 존재합니다. 중국과 유럽에도 존재하지요. 전 세계에 단 3명만 존재하는, 신에 필적하는 인물들. 그 아래로 프리레전드급 각성자들이 있는데 역시 미국, 중국, 유럽에는 당연히 존재하고 일본에도 존재하고 있습니다. 러시아 역시 존재하고 있지요. 저와 같은 SSS급은 일일이 말하기 힘들 정도로 많습니다."

영웅은 고개를 끄덕이며 듣고 있었다. 생각보다 각성자들의 등급이 세분화되어 있었다.

거기에 프리레전드는 처음 들어 봤다. 아마도 SSS급 중에서도 가장 강한 상위급들을 따로 나눠 놓은 듯했다.

말하는 것을 보아하니 최근에 만들어진 등급처럼 보였다. 자신이 알고 있던 정보에는 없던 등급이었으니까.

하지만 영웅의 관심을 끈 등급은 하나였다.

평행세계
먼치킨

'레전드급이라…… 재밌겠는데?'

영웅은 레전드급의 각성자들이 만나고 싶어졌다. 그들의 힘이 신에 필적한다면 정말로 붙어 보고 싶었다.

"제가 오늘 느낀 영웅 님의 무력은 레전드급과 비교해도 절대로 뒤지지 않는다고 자신합니다. 아니, 그들과 비교할 수 없을 정도로 강하다고 자신할 수 있습니다!"

영웅을 엄청 치켜세우는 연준혁을 보고 영웅이 웃으며 물었다.

"하하, 감사합니다. 그렇게 말씀하시는 것을 보니 원하는 게 있군요, 그렇죠?"

영웅의 말에 연준혁이 조심스럽게 고개를 끄덕였다.

자신의 눈치를 살피며 고개를 끄덕이는 연준혁에게 영웅은 부드러운 미소로 말했다.

"말씀해 보세요. 제가 할 수 있는 일이라면 들어드리겠습니다."

영웅의 허락에 연준혁의 표정이 환해졌다.

그리고 진지한 표정으로 영웅에게 말했다.

"영웅 님, 우리 협회의 일원이 되어 주십시오! 협회가 아닌 한국과 그 세상 속에서 살아가는 평범한 사람들을 위해 그 힘을 나눠 주십시오!"

연준혁의 말에는 거짓이 없었다.

이렇게 말하지 않아도 자신이 사는 한국이 다른 나라에

업신여김을 당하는 것을 가만히 앉아서 두고 볼 영웅이 아니었다.

그러던 찰나에 이렇게 나설 기회를 주니 입가에 미소가 지어지는 영웅이었다.

고개를 깊게 숙이며 서 있는 연준혁을 바라보며 영웅이 말했다.

"알겠습니다. 그러니 고개를 드세요."

"저, 정말입니까?"

영웅은 고개를 끄덕였다. 그리고 앞에 있는 메모지에 자신의 번호를 적어 건넸다.

"제 힘이 필요하면 여기로 연락하세요. 언제든지 달려올 테니."

"가, 감사합니다! 정말로 감사합니다!"

연준혁은 영웅의 전화번호를 받아 들고 감격에 겨운 표정으로 연신 감사 인사를 했다.

"블랙맘바에 관해서는 일단 그놈들에게 강하게 나가세요. 아니다, 그냥 어디로 나오라고 해요. 그냥 만나서 담판을 짓게."

"그, 그래도 되겠습니까?"

"뭘 복잡하게 질질 끌 필요 있나요. 그렇게 하세요."

"아, 알겠습니다."

"그리고……."

"네?"

"앞으로 다른 나라에 머리 굽히고 들어가지 마세요."

"그게 무슨?"

"내 나라가 다른 나라에 머리를 숙이는 건 못 참겠네요. 혹시라도 시비 거는 나라가 있다면 말하세요. 그들이 말 안 들으면 대륙 자체를 날려 버릴 테니."

엄청난 농담을 하고 있었다.

그런데 저 농담이 농담 같지 않은 이유는 무엇일까?

소름이 돋은 몸으로 연신 고개를 끄덕이는 연준혁이었다.

사실 전에 있던 세상에선 한국이 세계 최강이었다. 영웅이 있었으니까.

그 어느 나라도 한국을 함부로 하지 못했다.

시비를 건다?

영웅은 참지 않았다. 곧장 날아가서 난리를 쳤다.

막을 방법?

있을 리가 있나.

독도가 자기 땅이라고 우기는 일본의 함대를 통째로 날려 버리고, 그 잔해들을 도쿄 한복판에 쏟아부은 것은 유명한 일화다.

그러고 나서 영웅은 일본에 말했다.

―아니꼬우면 덤벼. 그땐 섬 자체를 바닷속으로 가라앉혀

주지.

  그 뒤로 일본은 쥐 죽은 듯이 조용히 지냈다.

  그가 곧 법이었고, 힘이었다.

  약점조차 없는 절대 초인.

  그것은 이곳이라고 다르지 않았다. 뼛속까지 한국인이 바로 영웅이었으니까.

  "시비를 거는 나라나 단체가 있으면 적어 놔요. 나중에 시간 날 때 가서 손봐 줄 테니."

  "아, 알겠습니다."

  믿음직스러웠다. 이렇게 마음이 든든할 수가 없었다.

  연준혁은 생각했다.

  '이래서 다들 뒷배, 뒷배 그러는구나. 하하, 이렇게 마음이 편할 수가.'

  언제나 부족한 전력 때문에 힘겨워했는데 이제는 그럴 일이 없어졌다. 지금까지는 자신이 다른 이들의 버팀목이 되어 주었는데 이제는 자신도 기댈 곳이 생긴 것이다.

  연준혁은 행복한 미소를 지으며 영웅에게 빠져들고 있었다.

  그리고 천민우가 왜 그에게 저리 푹 빠져 있는지 새삼 깨닫고 있는 연준혁이었다.

블랙맘바 한국 지부.

"협회에서 연락이 왔다고?"

"네, 그자를 지정된 장소로 보내겠다고 합니다."

"그럼 그렇지. 역시 협회 놈이었군. 그래도 이렇게 순순히 내줄 줄은 몰랐는데? 뭘까, 무슨 꿍꿍이지?"

"그만큼 우리를 두려워하고 있다는 방증 아닙니까?"

"아니야, 무언가 찝찝해. 함정 같은 기분이야."

"네? 저들이 우리에게 함정을 파서 공격했다간…… 그 뒷 감당을 못 합니다."

"아니야, 아니야. 뭘까, 이 찝찝한 기분은."

연신 가슴이 답답했다.

자신의 감이 말하고 있었다. 절대로 나가면 안 된다고.

하지만 그럴 순 없었다.

물러서는 모양을 보일 순 없었다.

"준비해. 본회에도 연락해서 SSS급 각성자들 좀 지원해 달라고 하고."

"SSS급까지요? 그, 그럴 필요까지 있을까요?"

"준비하라면 준비해!"

"아, 알겠습니다!"

수하가 일을 처리하기 위해 나간 후에도 연신 중얼거렸다.

"안 좋아······. 뭘까, 이 찝찝한 기분은."

"이곳이 한국인가, 생각보다 많이 발전되어 있는데?"

"그러게. 그래 봐야 약한 나라인 것은 변함이 없지."

"크크크, 너무 우습게 보면 안 돼. SSS급 각성자가 존재하는 나라라고."

"흥, 겨우 SSS급 말석에 들어선 놈일 뿐이다. 우리 상대는 못 돼."

"그렇겠지."

"한국 지부장 놈은 겁이 많군. 겨우 각성자 한 놈 처리하는데 SSS급을 세 명이나 요청하다니."

"바람 쐬러 온 셈치고 후딱 끝내자. 그리고 남은 시간은 여유롭게 즐기다 가면 되지."

"크크크, 동양 원숭이 놈들의 비명 소리는 어떨까? 궁금하군."

"우끼끼끼! 하는 거 아냐?"

"크하하하! 그거 재밌군. 정말로 그런 소리를 내면 살려 줘야지, 크크크."

"맞아. 동물을 괴롭히는 것은 나쁜 짓이랬으니까."

서로 시시덕거리면서 공항을 빠져나오는 세 사람.

이들은 블랙맘바에서 한국으로 지원을 보낸 SSS급 각성자들이었다.

그들의 앞에 검은 정장을 입은 사내들이 마중을 나오며 말했다.

"먼 길 오시느라 고생하셨습니다. 여기서부터는 저희가 모시겠습니다."

"흥, 얼마나 약해 빠졌으면 지원을 요청하는지…… 블랙맘바의 급을 낮추는 머저리들."

"크크큭, 원숭이 놈들이 하는 짓이 뭐 그렇지. 왜 열을 내고 그래."

자신들을 깎아내리며 모욕적인 말을 서슴지 않고 있었지만 검은 정장을 입은 남자들은 입술만 깨물 뿐 내색을 하지 않았다.

이동하는 차량에서도 그들의 대화는 계속 이어졌다.

"그래도 나름대로 훈련은 잘되어 있네."

"흥, 그 정도도 안 되어 있었다면 내가 한국 지부를 지구에서 지워 버렸을 거야."

엄청난 살기를 내뿜으며 말하는 남자였다.

"크흑!"

그 살기에 검은 정장을 입은 사내들이 피를 토했다.

"그만해. 시작도 하기 전에 우리 애들부터 다 죽이겠다."

"흥, 병신 머저리들. 이 정도도 버티지 못하면서 무슨 각성자라고."

　연신 불만을 토해 내는 남자였다.

　"우리가 상대해야 할 놈에 대한 정보 없어?"

　"예, 여기 있습니다!"

　"뭐야, 이게? 꼴랑 한 장이 다야?"

　"바, 밝혀진 것이 없는 자라…… 죄, 죄송합니다."

　"이런 병신들이 진짜. 어휴, 나중에는 밥까지 떠먹여 달라고 호출하는 건 아닌지 모르겠네."

　투덜거리면서 자료를 살펴보는 남자였다.

　"알렉스, 이거 좀 흥미로운데?"

　"뭐가?"

　"트리플A와 S급이 손도 못 쓰고 당했다고, 그들의 공격이 전혀 먹히지 않았다고 적혀 있네. 그런데…… 이거 뭐야?"

　"왜? 무슨 문제라도 있어?"

　"일반인?"

　"헤이, 존! 뭔 소리야? 거기서 일반인이 왜 나와?"

　"여기에 적혀 있잖아, 일반인이라고. 만물의 눈이 일반인으로 인식했다고."

　"에이, 뭔가 오류가 났겠지. 아이템들 가끔 오류 뜨는 경우 있잖아."

　"그렇긴 한데."

　"그만 떠들어. 만나 보면 알 거 아니냐. 정말로 일반인이라면 한국 지부는 오늘부로 사라진다. 일반인에게 당하는 형편없는 놈들은 우리 블랙맘바의 이름을 쓸 자격이 없으니까."

맨 뒤에서 눈을 감고 있는 남자의 말에 다들 고개를 끄덕였다.

"그건 나도 마찬가지야. 용서할 수 없지. 거기 원숭이들, 제발 빌어라. 그가 각성자이길."

***

연준혁이 영웅의 옆에서 안절부절못하고 있었다.

"죄, 죄송합니다. 저, 저도 거들겠습니다."

"왜요? 뭐가 죄송하죠?"

"저, 저들은 저와 같은 SSS급 각성자들입니다. 비, 비겁하게 셋이나 데리고 나오다니, 그러니 제가 낀다 해도 뭐라 하지 못할 것입니다."

"유명한 자들이에요?"

"그, 그렇습니다. SSS급 각성자들의 얼굴은 전부 외워 두고 있습니다."

"재밌겠네. 그냥 여기 있어요, 끼어들지 말고. 괜스레 옆에 있으면 내가 신경이 쓰여서 제대로 못 패니까."

"네?"

마지막 말은 잘 못 들었다.

영웅은 그런 연준혁을 뒤로한 채 자신의 앞에 서 있는 세 명의 외국인을 바라보았다.

그들의 입에선 끊임없이 욕과 자신을 비하하는 말들이 나오고 있었다.

"이런 노랑 원숭이 따위 때문에 이게 뭔 고생이야!"

"야야, 후딱 치우고 한국 지부도 치우자."

"크크크크! 알렉스, 저기 한국 각성자 협회장은?"

"저건 건들지 마. 괜히 건드렸다간 세계 각성자 협회 놈들이 지랄 발광할 게 뻔하니."

"쳇, 그건 아쉽군. 존과 내가 나서도 될까?"

"그래, 알렉스 너는 뒤에서 구경이나 해라. 나랑 시몬이 처리할 테니."

"쳇, 맘대로들 해라."

그들의 대화를 전부 듣고 있던 영웅.

영어로 대화하고 있었지만 전부 알아듣고 있었다. 영웅은 세계의 모든 언어를 다 구사한다.

"다 지껄였냐, 양키 놈들아?"

영웅이 영어로 말하자, 자기들끼리 신나게 떠들다가 표정이 굳어 버리는 세 사람이었다.

"몸에서 노린내 나는 노란 돼지 새끼들이 말도 하고, 세상 참 좋아졌네, 그렇지?"

영웅의 말에 SSS급 각성자 세 명의 표정이 점점 구겨졌다.

"너희는 나서지 마라. 내가 직접 저 새끼 피부를 벗긴 뒤에 근육을 하나하나 뜯어낼 테니."

알렉스라 불리는 남자가 엄청난 살기를 뿌리며 앞으로 나섰다.

나머지 둘이 아무 말 못 하고 물러서는 것을 보니, 같은 SSS급이어도 강함은 다른 모양이다.

"병신들, 가운데 놈이 뭐라 했다고 꼬리를 말고 뒤로 물러서는 꼴이라니. 꼬붕이구나, 가운데 놈 꼬붕. 에라이, 병신들. 크크크."

영웅의 말에 뒤에 있던 둘의 표정이 더욱 일그러졌다.

한편, 옆에 서 있던 연준혁은 기겁하며 말리려 했다.

저들의 심기를 건드리면 상황이 더 악화될 수도 있었기 때문이다.

하지만 말리지 못했다.

영웅이 순식간에 사라진 탓이다.

슈팟-!

"뭔 걸음이 그렇게 느려? 기다리는 사람 속 터져 죽겠네."

"헉, 무슨?"

"SSS급이라고? 그래, SSS급 놈들 패는 맛은 어떤지 한번 느껴 보자."

빠각-!

어디선가 많이 들어 보던 소리가 자신의 몸에서 나고 있었다.

그럴 리가 없었다. 자신은 SSS급 각성자였다.

신체가 신에 근접했다고 알려진 자신이었다.

그런데 그런 자신의 몸에서 뼈가 부러지는 소리가 들려왔다.

현실이 아닌 것 같은데 고통이 밀려들어 왔다.

"크윽! 비, 빌어먹을! 그래비티 필드!"

재빨리 거리를 벌리며 영웅의 주변으로 중력 마법을 펼치는 알렉스였다.

영웅은 갑작스러운 묵직함에 고개를 갸우뚱거렸다.

"크크크, 움직이기 버거울 것이다! 지구 중력의 50배다!"

의기양양하게 말하는 알렉스를 보며 영웅은 장난으로 응대해 주었다.

고통스러운 표정을 지으며 소리를 질렀다.

"크흑! 모, 몸이! 내, 내 몸이!"

"크하하하하! 어떠냐, 건방진 원숭이 놈! 그대로 압축돼서 뒈져라!"

"끄아아아아악!"

"더! 더! 고통스러운 비명을 지르거라!"

"끄아아아아…… 재미없다. 그만하자."

영웅은 마구 고통스러운 몸짓을 하면서 괴로워하다가 아

무렇지 않은 듯이 벌떡 일어나며 말했다.

"뭐, 뭐얏! 이, 이럴 리가 없는데?"

"뭐라는 거야. 겨우 50배 가지고 그러는 거야?"

이 세상으로 오기 전에 중력의 집합체인 블랙홀에 있던 인간이 바로 강영웅이었다.

50배의 중력은 모기가 앉은 정도의 느낌밖에 오지 않았다.

쯔잉- 쯔잉- 쯔잉-!

알렉스를 공격하려는 찰나에 뒤에서 이상한 소리가 들려왔다.

이건 또 무슨 소린가 싶어 뒤를 돌아보니 시몬의 주위로 푸른 빛 덩어리들이 생성되고 있었다.

"응? 저건 또 뭐야?"

"이레이저 캐논!"

쯔아아앙-!

네 개의 푸른 구체에서 엄청난 고에너지의 레이저포가 영웅을 향해 발사되었다.

정확하게 영웅의 몸에 명중되며 몸이 시뻘겋게 달아올랐다.

하지만 그게 전부였다. 아무 일도 일어나지 않았다.

몸이 폭발하는 것도 아니고, 갈라지지도 않았다.

잠시 철이 달구어졌을 때처럼 몸이 붉게 변하고 옷이 타

버린 것이 전부였다.

"또 보여 줄 게 있나? 너희들 재밌네. 다 해 봐. 그래야 덜 억울하겠지?"

영웅이 아무렇지 않은 표정으로 환하게 웃으며 말하자, 하나같이 뒤로 물러서며 경악했다.

"미, 미친 괴, 괴물!"

"마, 말도 안 돼! 내, 내 이레이저 캐논을 맞고도 사, 상처 하나 없다니!"

자신들의 공격이 전혀 먹히지 않았다. 다른 이도 아닌 SSS급의 공격이 말이다.

크게 당황하며 다시 영웅을 공격하기 위해 정신을 집중하려는 그때였다.

크아아아아앙-!

두 사람 뒤에서 거대한 포효가 사방으로 울려 퍼졌다.

"레이나 앞길 방해하지 말고 비켜!"

그들의 뒤로 산처럼 거대한 레드 드래곤 레이나가 나타났고, 입으로 엄청난 기운을 모으고 있었다.

쿠오오오오오-!

"레이나, 완전히 녹여 버려!"

쿠아아아아아아아-!

존의 외침에 초고열의 드래곤 브레스가 영웅을 향해 뿜어졌다.

"우와와! 미친, 드래곤이다! 대박, 하하하하!"

영웅은 브레스가 자신을 향해 날아오든 말든 거대한 드래곤을 보며 감격하고 있었다.

게임이나 애니에서만 보던 전설의 생명체를 두 눈으로 목격한 것이다.

"사, 사진! 사진을 찍어야 하는데……!"

화르르르르륵-!

거대한 화염 불기둥이 신나게 떠들고 있는 영웅을 덮쳤다. 레이나의 드래곤 브레스가 지나간 자리엔 거대한 도랑이 파여 있었다.

하지만 드래곤 브레스도 영웅을 어쩌지는 못했다.

영웅은 오히려 감동한 얼굴로 레드 드래곤을 바라보고 있었다.

"내가 드래곤 브레스를 체험해 보는 날이 오다니! 아, 오늘 진짜 대박이다."

드래곤 브레스를 정통으로 맞고도 환하게 웃으며 행복한 표정을 짓고 있는 영웅이었다.

그런 영웅의 모습에 그곳에 있는 모든 사람은 기가 질려 버렸다.

"저게…… 일반인이라고?"

"지져스! 갓뎀! 말이 되는 소릴 해!"

"한국 지부 미친놈들! 괴물을 건드린 거야?"

그리고 구석에 있던 연준혁 역시 찢어져라 입을 벌린 채 경악하고 있었다.

"내, 내가 지금 보고 있는 것이 정말로 현실이라고? 이게?"

보고도 믿을 수 없는 광경이 자신의 눈앞에 생생하게 펼쳐져 있었다.

이것을 세상에 말한다고 해도 아무도 믿지 않을 것이다.

사람들이 놀라거나 말거나 영웅이 자신을 가리키며 말했다.

"마이 턴?"

그리고 환하게 웃는 그의 모습에 블랙맘바 일당은 저항할 수 없는 공포를 느꼈다.

사용하기만 하면 웬만한 각성자들은 바닥에서 기어 다니게 만드는 중력 마법도, 맞는 즉시 반으로 쪼개거나 증발시켜 버리는 이레이저 캐논도, 무엇이든 닿는 즉시 소멸시켜 버리는 레드 드래곤의 드래곤 브레스도.

어느 것 하나 통하는 게 없었다.

통하는 것이 문제가 아니고 전혀 타격을 주지 못했다.

오히려 재밌어하는 저 괴물을 보며 세 사람은 이를 악물었다.

"합공하자! 이것저것 가릴 때가 아니다!"

"크윽! 이건 말도 안 되는 악몽이야! 저런 원숭이가!"

"존, 닥쳐! 그딴 말 할 시간에 집중해!"

알렉스가 허공에 손을 휘두르자 알 수 없는 문양이 잠시 나타났다가 사라졌다.

그 옆에선 시몬이 수십 개의 푸른 빛 덩어리들을 소환해 내고 있었다.

마지막으로 존의 레드 드래곤의 몸이 환하게 빛나고 있었다.

"메테오 스트라이크!"

"아토믹 슈퍼 캐논!"

"레이나, 데스 브레스!"

화려한 조명이 일제히 주인공을 비추듯이 푸르스름한 빛깔의 레이저들과 아까와는 달리 극한으로 응축된 드래곤의 브레스가 영웅을 향해 일제히 쏘아져 갔다.

그와 동시에 하늘에 떠 있는 구름을 뚫고 맹렬한 속도로 떨어져 내리는 수많은 운석까지.

전부 영웅을 향해 날아가고 있었다.

"내가 운석에는 좀 안 좋은 기억이 있어서 말이지."

말이 끝남과 동시에 영웅의 눈이 붉게 변했다.

쯔아아아앙-!

영웅의 눈에서 선홍 빛깔의 진한 레이저가 운석들을 향해 날아갔다.

콰콰콰쾅-!

하늘에서 속절없이 터져 나가는 운석들을 뒤로하고 자신

을 향해 날아오는 나머지 공격을 바라보는 영웅이었다.

영웅이 살짝 미소를 지으며 주먹을 움켜쥐었다.

그리고 가볍게 휘둘렀다.

푸아아앙-!

가볍게 휘두른 그의 주먹에선 엄청난 굉음이 울려 퍼졌고, 굉음과 함께 영웅을 향해 날아가던 레이저와 브레스가 순식간에 소멸해 버렸다.

쿠당탕탕-!

엄청난 후폭풍에, 볼품없이 날아가 땅에 뒹구는 블랙맘바 일당이었다.

블랙맘바 소속의 SSS급 각성자들은 방금 영웅이 가볍게 휘두른 주먹의 후폭풍에 내상을 크게 입었다.

"쿨럭! 쿨럭!"

"커헉! 켁켁!"

"큭! 크흡!"

SSS급 각성자들을 제외한 사람들은 전부 게거품을 물고 기절했다.

"확실히 SSS급은 다르구나, 하하하하!"

웃으며 천천히 걸어오는 영웅을 보며 바닥에 주저앉은 채 기듯이 뒤로 물러서는 SSS급 각성자들이었다.

"나름 재밌었어. 더 없어? 더 해 봐! 응?"

생글생글 웃으며 말하는 영웅을 보며, 공포에 물든 얼굴로 고개를 좌우로 흔드는 세 사람이었다.

"뭐야, 뭔가 있을 것처럼 기세등등하게 등장하더니 실망인데?"

세 사람이 볼 때 영웅은 인간이 아니었다.

아니, 이자는 인간이어서는 안 되었다.

SSS급 각성자 세 명이다. 무려 3명이 합공했는데도 상처 하나 주지 못했다.

그뿐인가?

그가 진심으로 공격을 한 것도 아니고 그저 가볍게 휘두른 주먹에 지금 이 모양 이 꼴이 되었다.

"우, 우리가 자, 잘못했다. 요, 용서해 다오."

"마, 맞다! 몽키! 원숭이라는 말은 취소한다!"

"크, 큰 결례를 저질렀다. 다, 다시는 한국 땅에 발을 들이지 않겠다. 그, 그냥 보내 다오."

세 사람의 말에 영웅이 미소를 지으며 말했다.

"시작은 너희가 했지만, 끝은 내가 할 거야. 자, 이제 정산의 시간이 왔어요. 짠짠짠!"

반달눈을 한 채 콧노래를 부르며 신나는 몸동작을 하는 영웅의 모습에 세 사람이 기겁했다.

뭔지는 모르겠지만 절대로 저자가 하려는 짓을 허락해서는 안 될 것 같은 기분이 들었다.

그들은 필사적으로 몸부림치며 말했다.

"뭐, 원하는 것을 말하라! 뭐, 뭐든지 들어주겠다!"

"마, 맞다! 우, 우리가 할 수 있는 것은 뭐, 뭐든지 할 테니 사, 살려 다오!"

콰직―!

섬뜩한 소리가 들려서 고개를 돌려 보니 자신의 정강이에 영웅의 발이 올려져 있었다.

"끄아아아악!"

영웅의 눈동자는 이미 검게 물든 상태였다.

"내가 말했지, 정산할 시간이라고. 그러니 주둥이들 좀 닥치고 있을래?"

오싹―!

그 모습에 엄청난 소름이 세 사람의 온몸을 휘감았다.

지옥의 가장 밑바닥에서 들려오는 것 같은 목소리였다.

그리고 자기도 모르게 입이 다물렸다.

왠지 그래야 할 것 같았다.

영웅의 말을 들어야 할 것 같은 기분.

점점 자신들을 향해 다가오는 영웅을 바라보며 두 눈을 질끈 감았다.

그 뒤로 세 사람은 영웅에게 한참 동안을 온몸의 뼈가 바스러지도록 맞았다.

"끄르륵, 끄르륵."

피가래가 끓는 소리와 함께 땅바닥에서 간신히 숨만 유지

한 채 꿈틀거리는 세 사람.

그 어떤 것도 할 수가 없었다.

자신들이 그렇게 자랑스러워하던 각성자로서의 능력도 이 자에겐 소용이 없었다.

SSS급 각성자들이 온몸의 뼈가 바스러진 채 바닥에서 꿈틀대는 모습은 모든 이에게 극한의 공포를 심어 주었다.

그렇게 다들 혼이 나갈 정도의 공포에 질려 있을 때, 영웅이 손바닥을 펼쳐 바닥에 있는 세 사람에게 향했다.

"리스토어."

샤라라랑-!

은빛 가루가 온 세상을 덮은 것 같은 착각이 들 무렵, 이상하게 조금 전까지 그렇게 고통스러웠던 몸이 상쾌해졌다.

"일어나."

영웅의 한마디에 몸이 자동으로 반응했다.

벌떡-!

"그렇지. 말 잘 듣네, 한 번 더?"

한 번 더…… 한 번 더…….

그들의 귓가에 맴도는 목소리.

화들짝 놀라면서 정신을 차린 세 사람은 영웅의 앞에 달려가 엎드리며 빌었다.

"아, 아닙니다! 절대로 아닙니다!"

"추, 충분합니다! 그, 그 정도만 하셔도 됩니다!"

"흑흑! 저희가 자, 잘못했습니다! 제발 그만⋯⋯."

저절로 나오는 극존칭과 함께, 세 사람은 영웅에게 싹싹 빌었다.

"너네는 변신 안 하냐?"

그러거나 말거나 영웅은 자신의 할 말만 했다.

"네? 벼, 변신이라뇨?"

이게 무슨 소리냐는 표정으로 물었다.

"뭐라고 했지? 아, 각성 모드! 그래, 그거."

각성 모드란 웜홀에서 착용하는 아이템을 현실세계에서 착용하는 것을 말한다. 아이템을 착용함과 동시에 신체 또한 강화되었다.

영웅의 말이 무엇을 뜻하는지 깨달은 그들은 맹렬하게 고개를 저었다.

의미가 없었다.

레전드급 장비? 신화급 장비?

다 부질없었다.

영웅에게는 절대 통하지 않으리라는 것을 그들은 몸으로 깨달은 상태였다.

"아, 아닙니다! 저, 저희가 어찌 감히! 저, 절대로 그런 일은 없을 겁니다!"

"마, 맞습니다! 차, 차라리 그 아이템을 바치겠습니다!"

"저, 저희가 가진 아이템을 바치겠습니다! 돈을 원하시면 돈을 바치겠습니다!"

간절했다.

그들의 모습에 영웅은 턱을 쓰다듬으며 고민에 빠진 표정을 지었다.

그 잠시간의 시간이 그들에게 억겁의 시간처럼 느껴졌다.

영웅은 연준혁을 쳐다보며 물었다.

"여기 있는 애들 전부 데려가도 될까요?"

"네?"

이 엄청난 광경을 보며 정신을 놓고 있던 연준혁이 영웅의 말에 화들짝 놀라며 되물었다.

그때 영웅의 인상이 아주 살짝, 진짜 미세하게 꿈틀거렸다.

그것이 연준혁의 눈에는 아주 선명하고 생생하게 보였다. 연준혁의 입에서 자기도 모르게 말이 튀어 나갔다.

"무조건 됩니다! 뭐가 되었든 됩니다! 다 됩니다!"

"······아, 네. 그럼 저기 기절한 애들이랑 애들 좀 각성자 협회로 데려가죠."

"알겠습니다! 당장 준비하겠습니다!"

목청이 터지라 외치며 재빨리 어디론가 전화를 거는 연준혁이었다.

연준혁이 주변을 정리하기 위해 분주히 움직이는 것을 본 영웅은 고개를 돌려 애처롭게 자신을 바라보는 세 사람을 마주했다.

"괜찮지? 당분간 나랑 좀 있자."

"히익! 딸꾹!"

영웅의 말에 세 사람이 동시에 놀라며 딸꾹질을 하기 시작했다.

"싫은 사람 손!"

있을 턱이 있나.

얌전하게 앉아 있는 세 사람이었다.

"그럼 얌전히 일어나서 저기 밴에 올라탄다, 실시!"

"실시!"

실시라는 말과 동시에 우르르 밴에 올라타 다시 두 손을 가지런히 무릎 위에 모은 채 얌전하게 앉아 있는 세 사람이었다.

한국 각성자 협회의 비밀 아지트에 온 영웅은 자신의 앞에 앉아 있는 세 외국인을 바라보았다.

세상 얌전하게 고개를 숙이고 앉아 있는 그들을 보며 물었다.

"블랙맘바에서 너희 위치는 어느 정도냐?"

영웅의 물음에 가운데 앉아 있는 알렉스가 대표로 대답했다.

"이, 임원급입니다!"

"너희보다 강한 사람도 있겠네?"

"그, 그렇습니다!"

"얼마나 강해?"

"네? 그, 그건……."

"너를 기준으로 말해 봐."

"저를 기준으로 했을 때……. 아니, 저희 세 사람이 동시에 덤벼도 이길 수 없습니다."

"오호! 그럼 강하네. 기대된다."

크리스마스에 선물을 기다리는 어린아이처럼 초롱초롱한 눈망울을 하는 영웅이었다.

영웅이 기대 가득한 얼굴로 물었다.

"그 사람은 어디 있는데?"

"그, 그것은 왜?"

"기다릴 거 뭐 있나. 당장 가서 붙어 봐야지."

영웅의 말에 연준혁이 옆에서 화들짝 놀라며 말렸다.

"저, 저기 영웅 님, 그, 그건 좀."

"왜요? 그러면 안 돼요?"

"하하, 블랙맘바는 그렇게 호락호락한 집단이 아닙니다. 괜히 건드려서 혼란을 일으키는 것보단 그냥 이들을 보내 주시는 게 어떨지."

"얘들은 호락호락한데요, 안 그래?"

"네, 맞습니다! 저희는 호락호락합니다!"

"봐 봐요. 원래 이런 집단은 힘으로 밟아 줘야 말을 들어요. 법? 이런 거로는 말을 안 들어요. 그리고 블랙맘바인지 뭔지가 복수한다고 덤벼도 상관없고."

다음 권으로 이어집니다

평행세계
먼치킨

망한 가문의 검술 천재가 되었다

소구장 퓨전 판타지 장편소설

**역사에서도 잊힌 비운의 검술 천재
최강의 꼰대력으로 무장한 채
후손의 몸으로 깨어나다!**

만년 2위 검사 루크 슈넬덴
세계를 위협하던 마룡을 물리치며
정점에 이른 순간

이대로 그냥 죽어 다오, 나를 위해서.

라이벌인 멀빈 코넬리오에게 목숨을 잃……
……은 줄 알았는데,
200년 후의 몰락한 슈넬덴가에서 눈뜨다!
가족이라고는 무기력한 가주, 망나니 1공자뿐
망해 버린 가문을 살리기 위해
까마득한 조상님이 팔을 걷었다!

**설풍 같은 검술, 그보다 매서운 독설로
슈넬덴가를 정점으로 이끌어라!**